꽃잎되어 하늘로 가는
하루

엄환섭 제2시집

꽃잎되어 하늘로 가는
하루

문지사

세상의 싸움은
홀로 남겨지는 아픔이 있다는 것을
바람은 알고 있을까?
서랍장 속에서 바람이 분다.
사람들은 서랍장 안에서도
사각 성냥통 안에 갇혀 있는
한 개 한 개의 성냥개비

✷ 서 시

꽃잎되어 하늘로 가는 내 하루

어둠이 몰려온다.
높은 산의 비명이 나무의 비명이 거세진다.
사과가 허공 속을 달리고 물고기가 하늘 속을 달린다.

쉿! 저기 좀 봐
구름이 해를 입에 물고
물구나무 서서 비명을 지르며
바람보다 빨리 달려오고 있다.
이빨 빠진 빛이 모여 꽃피고
시간 없는 세계가 별을 부르고
돌아오지 않는 내 하루가 황홀한 불꽃되어
한쪽 하늘을 허물고 있다.

저녁밥을 먹지 못한 허기진 땅을 향해
달콤한 솜사탕이 싱싱한 산딸기가 펑펑 눈송이처럼 쏟아진다
땅이 없는 하늘은 없다.
하늘이 없는 땅은 없다.
네가 없는 나는 더더욱 없다.

풀향기와 나무향기가 활활 불타올라
해와 어둠과 포옹하며 춤을 춘다.
어둠이 온 가슴 떨며 별을 품고 있다.
새 미래가 온다.
새 세상의 문이 열린다.

흉터 같은 허공을
붉은 장미꽃으로 단장하고 있는 저 빠른 손놀림
정말 환상이다.
사과향이 커피향이 하늘과 땅에 흘러넘친다.
이빨 빠진 햇볕도 벌레 먹은 구름도
붉은 장미꽃으로 활짝 피고 있다.
세상을 황홀한 비명 속으로
혹혹 빨아드리는 저 큰 입이
나를 먹어버리고 있다.
별이 걸어가는 소리 자박자박 들린다.
나무들마다 잠을 청한다.

노동으로 행복을 느끼고 노동으로 행복을 만든
빛나는 하루의 눈물과 웃음을 꽃피운 황홀한 내 그림 일기장을
두 눈 감고 조용히 펼친다.

아! 오늘밤 어둠속에서 과일이 열린다.
물고기가 알을 낳는다.
새가 새를 포옹한다.
까마귀가 웃는다.
코끼리가 웃는다.
근심 걱정도 기쁨이 되어 빛나는
비명 속으로 들어간
우리들은 뼈 속까지 환하게 소리 없이 웃는다.

차 례

❀ 서시 꽃잎되어 하늘로 가는 하루

|제1부| 물새가족

차 례

|제2부| 어떤 날의 우체부

차 례

|제3부| 이게 요즘의 나

차 례

작품 후기

|제1부|

물새가족

유채꽃

저 맑은 눈동자
저 맑은 입술
몇 볼트의 생이 흐르고 있을까.
몇 볼트의 사랑이 흐르고 있을까.
생각이 있는 듯 생각이 없는 듯
노란 치맛자락 휘날리며
유체를 태양이라고 떠벌이는
흥분한 저 섬 가시네들
샛노란 웃음소리가 천지에 메아리친다.

아! 저 섬 가시네들 모두 다 바람났어.

물 오르면

몸을 맞대고 걷자.
두 발이 나를 벗어나기 시작했어요.
나를 넘어선 나는
벽을 허문다는 생각도 없이
벽을 허물어
졸-졸- 노래를 부르며 뛰어가기 시작했어요.
뛰어간다는 생각도 없이 뛰어가고
춤을 춘다는 생각도 없이 춤을 추고
산을 지나 들을 지나
갈대숲을 지나
큰 마트를 지나 노점 빵가게를 지나
아파트를 지나 주택단지를 지나
알몸으로 노래하고 춤추며
넘실넘실 흐르고 있었어요.
수천 가닥 수만 가닥 엉켜 있으면서
단 한 가닥도 엉키지 않는
내 목소리
당신들에게도 들리나요?

무서운 절벽에 떨어져도
누군가 돌을 휙 휙 던져도
별을 가슴에 품고 꽃을 피우는
내가 보이나요.
하늘을 눈알로 박고
반가사유상의 포즈를 취한
뒤엉킨 바위들을 지나
출렁출렁 흐르고 있어요.
투명한 원시적 내공이 물 오른 나는
춤추고 노래 부르며
어디로든 누구에게나 갈 수 있어요.
내 속으로 난 길을 똑 똑 똑…

물을 보면

태초 내 몸을 움직이게 한 너는
더러운 나를 닦느라
풀벌레 산새 발자국 소리를 내며
몇 천 년 궂은 설거지를 했다.

시간을 좇는 내 살갗이 벌레 먹었을 때
너는 부드러운 몸을 나에게 열었다.
목을 낮추어
얼굴을 너에게 깊이 집어넣을 때
단단하게 자리잡은 내 때는
더러운 유분이 되어 기어 나왔다.

여기서부터 너를 신으로 생각했다.

너를 보면
영화로운 꿈 하나 없이
손바닥에 축축한 물을 가득 묻혀
토닥토닥 내 얼굴과 내 목덜미에 때를 빨아내던
목이 가는 우리 어머니가 생각났다.
한 번도 강제로 내 살을 파고 든 적 없는 너는 늘
죽음보다 강한 푸른 솔잎 냄새가 났다.

물 오른 꽃입니다

그대가 내게 다가왔을 때
그대에게 몸을 맞대자
온 몸이 나를 벗어나기 시작합니다.
나를 넘어서자
벽을 허문다는 생각도 없이
벽을 허물어
졸졸졸 흐르기 시작합니다.
흘러간다는 생각도 없이 춤을 추며
산을 지나 들을 지나
갈대밭을 지나
마트를 노점을 빵집을
아파트를 주택단지를 지나
알몸으로 넘실넘실 노래합니다.
나와 그대는
수천 가닥 수만 가닥 엉켜 있으면서
단 한 가닥도 엉켜있지 않는 물입니다.
우렁찬 이 목소리 당신들에게도 들리시나요?
무서운 절벽에 떨어져도
중장비가 살을 찢어도
별을 가슴에 품고 물꽃을 피우는
내가 보이시나요?

하늘을 눈알로 박고
반가사유상의 모습을 한 바위를 지나
출렁출렁 흐르고 있습니다.
물속에서 모래가 웃고
물속에서 수초가 웃고
물속에서 물고기가 웃고
물속에 사람들이 웃습니다.
투명한 원시적 내공을 쌓은 우리는
똑똑똑 물속으로 난 길을 흘러가는
똑똑똑 세상을 임신하고 아름다움을 해산하는
방울방울 꽃입니다.

실개천

이 산 저 산 이야기
어제도 오늘도 완완히 흐르고
옷 벗고 신 벗고
몸 담그며

눈물로 허물을 벗고
하류로 하류로 길을 열어
노래하며

심안을 향해
출렁출렁 걸어가는
저 사람은 누구인가.

꿈인 듯
꿈인 듯

나를 위해 아프게 울며
안녕
안녕 손 흔드는
저 사람은 누구인가.

나무에 꽃이 피고

나무에 걸터앉은 낚시꾼들이
커다란 봄 한 마리 낚아 올리고 있다.

무덤을 넘어 펄떡펄떡 키를 재 보는 봄 한 마리
흥건한 땀방울을 쏟아내고
낚시 바늘에 찢긴 입에서 붉은 피가 조금씩 흐르고 있다.
반가운 친구를 만나 듯 손을 포개며 안녕 안녕 인사를 한다.

이것도 사랑일까.

왜 저 나무는
빛 한 점 스며들지 않는 차가운 땅속에서
공복의 배를 부여잡고 걸어나와
어제보다 짧은 오늘을 슬퍼하며 개나리 진달래 노래하며
별 부스러기 가득한 높고 넓은 나무속
화의(花衣)를 입으려 바람에 몸을 흔드는가.

이것도 사랑일까.

왜 나무들은 나이테에서 태어난 두꺼운 껍질을 피가 나도록
핥고 핥아
나이테도 없는 가지로 바람을 밀치고 다니며

신열이 나도록 붉은 외출을 서두르는가
기억할 수 없는 외출은 아무도 믿지 않는다는데

세상에 나무들은 트고 아무는 선들이 교차하는 순간
나는 너를 향해 너는 나를 향해 얼굴을 마주 보고
안녕 안녕 인사를 한다.

봄을 긁어온 아이의 손톱을 깎는 동안
저녁 해가 아이의 손가락처럼 가늘어지는 동안
우리의 화단 속 나무에서는 꽃잎이 하나 둘 피어나고 있다.
우리의 입속에서는 말랑말랑 단맛 드는 꽃잎이
하나 둘 사라지고 있다.
우리의 책 속에서는 한 번도 피지 못한 꽃들이 천지에 빽빽이
피고지고 있다.

이것도 사랑일까.

나비가 되어야 한다

동그란 진장을 높이며 봄을 찾아 꽃을 찾아
떨어졌다 날아올랐다
너울 너울 춤추는 나비 한 마리

바람이 불면 더 발랄해지는
활짝 핀 저 두 날개를
입으로 먹어야 한다
눈으로 먹어야 한다
먼지보다 가벼운
썩지 않는 바람을
운명의 손금으로 조용조용 새겨야 한다
나비가 되어야 한다.
나는 지금

캄캄한 입속에서 보글보글 끓어
군무를 펼치는
내 따뜻한 입김으로 천천히 녹여버려야 한다.
공중의 고요를 두 날개로 흔들어
온 세상을 꽃피게 하는
저 나비가 되어야 한다.
나는 지금

나비의 두 날개에서 천지의 문이 조용조용 열리고 있다.
떨어졌다 날아올랐다
너울너울 춤추는 나비 한 마리

비

가출한 여자애들은 투덜투덜 거려요.
집 쫓겨난 여자들은 더 투덜대요.
아무 잘못도 없이 집 쫓겨난 여자들은 화가 나서
엉엉 울어대요.
목도 없이 온 세상으로 번져가는 여자의 울음소리는
차갑지요.
노총각 땅은 쩍쩍 갈라져 입에서 마른 먼지가 폴폴 나고요.
제비족 땅은 이빨을 감추려고 입 다물고 두리번거리고요.
어린 자식을 키우는 홀아비 땅은 졸졸 물소리만 들어도
눈시울이 뜨거워지니
땅은 아마 남자인가 봐.
여자들만 오면 온 몸이 촉촉이 젖어들어요.
헛배가 불러 오지요.
남자들은 여자들을 멀리서 방울방울 받아먹어요.
아니 남자들의 입으로 여자들이 쏟아져 들어가요.
아! 아! 이제 남자도 여자도 속에서 배설물을 토해 내내요.
모두 빈 몸으로 빈 몸으로 졸졸 흘러가네요.
아무도 잡을 수 없어요.
잡지 마세요.
바다로 가는 중입니다.
수천 마리 날벌레들이 온 몸을 물어뜯는 험한 시간도 잘 참고
견뎌 왔어요.

물 한 방울 두 방울 모아 달려온 여자의 길이
슬픈 듯 기쁜 하늘 냄새랍니다.
내일이면
사각사각 소금 머금은 물의 잔등을 따고
아직까지 보지 못한 수평선 속으로 들어가
앞으로는 절대로 손을 놓을 수 없는 여자와 남자가 되겠지요.

부슬비

나는 창 열린 주점에서 시칠리아산 와인 '도망간 여자'를
한 잔 따른다.

부슬비는 내가 알 수 없는 흔적이다.
있는 듯 없는 듯
오는 듯 가는 듯
용케도 강한 바람을 이기고
땅 위에 살포시 내려설 수 있다니
슬픔 같은 인연의 씨앗 여기저기 늘어놓고
먼지를 끌고 가는 청년 말갛게 만들 참이냐.

나는 창 열린 주점에서 시칠리아산 와인 '도망간 여자'를
한 잔 마신다.

너는 네가 오는 줄 모르고
너는 네가 가는 줄 모른다
나는 나를 버릴 때 가벼워진다.
부슬비는 체중을 줄일 때 가벼워진다.

당신 오늘 내 앞에서 몰래 손발 내밀고
내 머리에 가슴에 부서지고 있다.
내 속으로 들어와 있는 듯 없는 듯
맨발로 소리 없이 춤을 춘다.
누군가 촉촉히 젖게 하기 위해 수많은 추락을!
당신이 강한 바람을 이기고 곱게 착지하는 것은
흔적을 죽인 몸동작이다.
속눈썹 깜빡이며 작은 나비들이 나를 향해 발롱*! 발롱!
날아오고 있다.

나는 창 열린 주점에서 시칠리아산 와인 '도망간 여자'를
또 마신다.

* 발레의 점프 동작

단비

슬픔이 마르면 목이 말라 콜록콜록 기침이 나는 걸까
내가 나에게 입을 벌리는 지루한 대낮
갓 태어난 뜨거운 해를 괄호로 묶어 아가리 벌리는 시간
매순간 비는 해의 뒤편
무릎 뼈가 녹아 앉은뱅이가 된 풀들이 발등을 찍으면
세상엔 메마른 먼지가 폴폴 났지.
한 컵 물을 안고 목매인 나날들
아! 아!
해가 나를 너무 많이 읽어서 내 핏줄이 다 녹았지.
거꾸로 엎드려 헉헉 입을 벌려 노랗게 타들어간
이름 없는 나무와 풀꽃들이 죽어들 갔지.
나는 마른침을 퉤퉤 뱉어가면서
허옇게 살 오른 향긋한 비를 그리고 있었지.

어디선가 축축한 바람은 불어오고
슬픔을 다독다독 채운 수위 놓아진 하늘은
구름의 목젖에 달라붙어 아가리를 벌린다.
구름이 초산한 갓 태어난 싱싱한 네가
바람을 타고 물방울 바퀴를 돌린다.
일순 천방지축 아이의 분주한 발자국 소리가
온 세상을 요란하게 두드리면
너는 물에 부푼 젤리처럼 유연해진다.

순금가루 휘날리며 노란 달이 떠오른다.
아! 아! 낮에는 비 밤에는 달
낮에는 일 밤에는 꿈
식빵처럼 부푼 땅에서
눈 맑은 가난한 풀꽃들이 아가리 벌리고 향기를 토한다.
슬픔도 기쁨도 머물 수 없는 속을 다 비운 노란 달이
아름다운 풍경을 산란한다.
세상에서 하나 둘 잊어져가는 나는
없는 듯 있는 하늘을 언뜻 바라보면서
누드로 노란 달 속으로 걸어 들어간다.

접시꽃

낡은 골목길을 스크럼 짠
심장형의 잎과 잎들 사이에
왜자한 여자들의 자리싸움이 한창이다.

직립하는 단단한 줄기에 붙은
미색 머리띠 이마에 두른 여자들이
퇴근시간이 다가오자
접으면 반 뼘 펴면 한 뼘 되는 얼굴로
고개를 숙였다 고개를 들었다 하며
골목 밖을 흘금댄다.

앞서거니 뒤서거니 꼬리에 꼬리를 문 발자국 소리가
사방에 메아리치면
슬퍼도 피고 기뻐도 피는
자리 다툼 끝난 접시들이
꽃 속에 꽃을 품은 하얀 꽃들이
목이 쉰 남자들의 굳은살 박힌 손을 잡고 집으로 돌아가면
저물녘 골목길은 굽은 등을 곧게 편다.

담쟁이 넝쿨

어디에 세들어 살까 고민했어요.
담장에 나무에 꽃에
무엇이든 누구든 잡아야 사는데
글라디올러스, 튤립 같이 구근으로 꽃길을 여는 여인이
아니기에 아무도 손잡아 주는 이가 없네요.
눈이 없는 식물 같기도 하고 나무 같기도 한 나는
몸을 붙잡고 일어설 뼈 한 조각 없이 우왕좌왕 한없이
바들거렸어요.
하지만 손톱뿌리 흔들리도록 닥치는 대로 붙잡았고
닥치는 대로 칭칭 감아버렸어요.
산다는 것은 무엇인가 붙잡아야 하고 쥐어 짜야 하고
풀고 감아야 하는 일이잖아요.
이 험한 세상 혼자 살 수도
허공에 뿌리를 박을 수도 없잖아요.
나는 넝쿨식물에서 넝쿨나무에서 넝쿨 꽃에서
자유 없는 자유를 향한 넝쿨무늬의 넝마주이에서 비롯된
속이 텅텅 빈 인간인지 몰라요.
숨고를 수 있는 집이 타박타박 걸을 수 있는 길이
아무리 높은 나무고 높은 절벽이라도 틈새 평지는 있겠지요.
그 틈새마다 바늘 같은 촉수를 칭칭 감고 살겠어요.
하지만 몸의 근본은 볼 수 있도록
여우도 토끼도, 별도 달도, 볼 수 있도록 숨구멍은 휘감지
않을래요.

또 대머리가 싫은 나는 대머리만 보면 납작 엉겨붙어
내 머리카락을 수천 가닥 꽁꽁 심어 놓고
장차 바람이 태어날 작은 숲을 만들래요.
잠깐! 누가 왔나 봐요
시장 갔던 여우만 돌아온 줄 알았더니
학원 갔던 토끼 두 마리도 같이 왔어요.
경사를 오르면 읊조리는 나의 노랫소리에 모두 반했나 봐요.

모란잎

비가 와도 걱정 없어
둥근 우산 한 장 펼치고 있잖니
절벽에 집을 짓는 거미도
내 몸에 집을 짓지 못하지.
부랑한 물방울 하나 안지 못하는데
파리가 안겼어.
모기가 안겼어.
잎이 아무리 많아도 제 마음 가릴 잎 하나 없는
부평초와는 다르지.

무덤보다 더 말없는 허공에 매달려
매일매일 나는 나를 다듬지.
나도 남들 따라 잎을 많이 달고 싶었지만
아랫입술을 꽉 깨물고
상자 속 동그란 보물이 되기 위해
한 줄기에 한 잎만 달았지.

하늘에서 땅에서 너울너울 춤추는
해를 따라 물을 따라 전율하며 랑랑랑 노래했지.

화분 속의 동백꽃

이 가벼운 팔다리
아무 힘이 없다.
내가 나무인지 풀인지
땅을 찾아도 땅이 없다.
하늘을 찾아도 하늘이 없다.
손바닥이 닿는 언저리마다
둥근 사기 절벽
발바닥이 닿는 언저리마다
딱딱한 사기 바닥
뼈와 살이 모두
한 개의 그릇 속에 담겼다.

내 몸보다 작은
이 끝에서 저 끝까지의
짧은 땅
짧은 세상
내 목 헐떡임의 거리다.
내 몸 헐벗음의 거리다.

바람이 웃으며 악수를 청해 와도
수족이 저려 이빨이 떨린다.
눈물 한 방울 받아줄 사람 없는
이 답답한 사기 감옥 속에
살아서 순장된 나는
푸른 제단 충충이 쌓아 놓고
나무뿌리 풀뿌리 되어
두 손 모아
나는 꽃피고 싶은 여자다!
나는 꽃피고 싶은 여자다!
외쳐 보지만
마른기침만 토하다 눈물만 흘리는
주인 잘못 만난 동백아가씨

달래강

골골이 흘러
달래강 출렁이고
별들은 쉼없이 태어난다.

인간이 다니는 길로
학이 날고
토끼가 뛰고

살도 뼈도 없는
물렁한 오장육부
출렁출렁

무지개 꽃 피운
아이들 웃음소리
작은 예배당 문을 활짝 열고
종을 친다.

메밀밭

살 냄새 너만큼 고우면
나 여기 오래 있어도
나비 놀래지 않을까.

들판을 두드리다 풀잎을 두드리다
올망졸망 투명 웃음 춤추는 네 꽃밭에
나 편안히 누워봤으면.

하얀 관 머리에 이고 햇빛 바람 풀고 조운다
마디마디 물 한 대롱 퍼 올려 건네주면
달도 별도 받아 마시지.

나 여기 와
맨발로 가만히 서 있으면
하얀 꽃 무한 이야기 얼마나 들을 수 있을까.

바람 위에 바람
꽃 위에 꽃
나비 한 마리 노랑 점 찍어 놓고 소리없이 날아간다.

나 여기 와
하얀 꽃
이불 덮고 잠들면 뼈마디 마디 따뜻하겠네.

물고기와 나

만리포 횟집
빈 접시 위에
껍데기 벗겨진 물고기들이
조용조용 눕는다.

바다가 접시 위에서 숨을 죽인다.
파닥거리던 물고기를 놓고
도우미 아가씨가 지나간다.
눈알 붉은 물고기가 말을 한다.
물고기의 말을 알아들은 사람은 누구일까?

살 돌려진 물고기가 뻐끔 뻐끔 입을 벌린다.
캄캄한 아가미가 허공을 바라본다.
죽음 이후를 바라보는 물고기 눈에는 물이 없다.
바다가 없다.

물고기 입을 가진 사람들이
물고기 눈을 가진 사람들이
탱탱한 물고기를
가늘고 긴 젓가락으로 집어 붉은 아가미로 가져간다.
물고기가 물고기를 먹는다.

그 동안
인간과 물고기는
어떤 대화를 나누었을까?
물고기는 사람이 되었을까
사람은 물고기가 되었을까.

TV청문회에 나온 사람이
물고기가 되어 입을 뻐끔뻐끔 거린다.
책상 앞에 놓인 유리컵 속에는 물이 없다.

물새가족

나의 집은 사나운 짐승이 서식하던 우리였죠.
세 마리나
그 속에서 우리는 물 반 흙 반의 끈적끈적한 바닥에 납작 엎드려
엉금엉금 기어 다니며 살았죠.
고개를 치켜들며 더 깊이 빠져드는 마의 수렁
아버지는 가장 낮은 바닥을 내려다보고 살아야 한다고
매일 성명서를 읽어주었죠.
우리는 모두 하나같이 엉엉 울면서 살아가고 있으니
누구의 우는 소리인지 서로가 알 수 없었죠.
울어도 창피하지 않는 울음은 얼마나 편한데요.
울음만큼은 정말 편한 집에서 우리는 열심히 살았죠.
아버지는 정신병자
병이 위중했어요.
시집 온 지 한 달도 되지 않은 며느리에게 누렇고 끈적끈적한
침을
식사 때마다 하얀 밥그릇에 몇 번씩이나 뱉았어요.
며느리는 아버지 침을 숟가락으로 걷어내고 밥을 먹는
바보였어요.
정말 바보였어요.
우리는 슬프진 않았지만
세상 바라보는 우리의 긴 눈은 구름에 홀려
항상 비가 오더군요.
몸속에서 몸 바깥으로 비가 오더군요.

온 식구는 엉엉 울었죠.
하지만 어쩌겠어요. 추적추적한 물 위에서 살아가려면
하늘을 날아오르는 날개가 물에 젖지 않고 어떻게 살겠어요.
출렁이는 바닥에 몸을 납작 붙이고 수렁이 깊은 만큼 울음이 큰
우리 가정에 아버지는 가장이었죠.
향수 젖은 몸에서 버터냄새가 나시던 어머니는 일찍 돌아가셨고
땀 젖은 몸에서 감자냄새가 나시던 아버지는
아들과 며느리의 하얀 밥이 가득 담긴 밥그릇에 침을 뱉으며
그 질겨 빠진 인연의 뼈다귀를 빨면서 살았죠.
나와 아내가 먹었던 아버지의
진득진득한 침은 무엇이었을까요?

뱀

손 다리 눈꺼풀 하나 없이 너는 태어났다.
바람에 폴폴 날리는 비늘과 늑골로 푸른 생을 향해
지푸라기 같은 몸을 땅바닥에 납작 붙여 배를 문질러 가며
꼬불꼬불 길을 간다.
네 마음 어딘가 베어 독을 만드는 너는
태초부터 뱀이었고 바람이었다.
나무 한 그루 없는 하늘에서 생을 쥐고 있는 바람
생을 쉴 수 없는 땅에서
강한 혓바닥으로 독을 불어내는 바람

햇빛 반짝이는 하얀 모래밭
더듬더듬 빈 가슴 발자국 찍다
비늘 떨어져 나간 헐렁한 품에 모래바람 불어와
비딱한 사팔뜨기 눈이 질겅거려도
너는 너를 보호할 눈썹 하나 눈꺼풀 하나 없었다.

무거운 애정의 등짐을 지고 힘들게 길을 가는 사람들
낮밤없이 따뜻한 침방을 드나드는
그들에겐 의무와 사랑이 있다.
그들은 몸을 납작 땅에 붙이고 꼬리 없는 꼬리뼈가 부서지도록
온몸을 뒤흔들어야 살아갈 수 있다.
사행성 동물들에겐 직진 이동은 금물이다.

바람이 바람을 흔든다.
보호색 띤 푸른 등짝 풀숲에 숨기고
이슬방울 화음이 무지개 피워 올리는 땅으로
스르륵 몸을 좌우로 흔들며 네가 가고 있다.
사람이 사람을 흔든다.
고층빌딩 상가
몸을 좌우로 흔들며 호모 사피엔스가 가고 있다.
길을 가는 미물이나
길을 가는 사람이나
모두 울퉁불퉁한 땅을 꾸불꾸불 헤매는 뱀은 아닐까?

그 곳에 질갱이가 있다

어머니 계시는 고향에 간다.
산모퉁이 돌아 비스듬히 누운 무덤가
가닥가닥 주름 잡힌 질갱이는
어머니 폐경기 넘은 야윈 발바닥

어머니 계시는 고향에 간다.
앞에는 가시나무꽃 하얀 노래
뒤에는 차전초꽃 하얀 노래
몸이랄 것도 없이 헐렁한 주름살 번진 야윈 손바닥
이슬 피어나
토닥이는 풀 위에서
먹고 살 생각 자식 생각 타닥타닥하다.
비스듬히 누워 줄기 내리는 무덤 보러
하늘로 돌아간 시간은
가슴에 이슬로 내려와 맺히고
눈썹 너머의 숲이 내 하얀 가슴뼈에 붙어
있지도 없지도 않은 어머니 보러

어머니 계시는 고향에 간다.
눈물이 아니면 할 말이 없는
가시밭길이 아니면 할 일이 없는 어머니는
울음을 멈춘 벌레들의 침묵으로
앉을 때나
누울 때나
구김살 속에서 살아온 수레바퀴 앞을 떠나려
하얀 질갱이 꽃되어 도취 없는 바람 타고 말없이 날아간다.

청무우

하늘에 심어 놓은 해를 뿌리째 뽑아
청무우 밭에 뿌려 놓는다.
살도 뼈도 없는 공기와 물을
아삭아삭 씹으며
어린 무들이 청잎을 하늘로 하늘로 들어올린다.
잎사귀들의 버둥거림이 천지에 진동한다.

벌레들의 촉촉한 애무에
몸을 내어주고
앙상한 줄기만 남아
하나 둘 시들어가는 너희도 나도
누군가 지켜주지 않으면 순식간에 망가질 수 있다.

무는
무 같은 나는
보랏빛 벌레들을 경계해야 된다.
이빨 없는 이빨들을
혹 사랑이라고 믿고 있지나 않은 지

햇볕 없는 땅 속에도 벌레들은 무수히 있다.
눈이 있어도 눈을 감고
입이 있어도 입을 닫고
하얀 달빛으로
하얀 백금으로 거듭나기 위해
울퉁불퉁 길 없는 길을 가야 한다
우리는.

수박

나는 배아
식물의 핏줄을 따라 들어가면
생의 영감을 앞세워 다 만들어지지 않은 손발을 허우적거리며
노래를 부르기도 하고 울기도 하는 내가 있다.
외부의 침입을 차단한 푸른색 바탕의 둥근 지구 안에서
양수 속을 헤엄치고 있다.
배아는 항상 따뜻했다.
배아 속 내 원시는 항상 바깥세상과는 차단되어
생의 느낌과 소리들이 희미하기만 했다.
배아의 바깥세상은 내가 무럭무럭 자랄 수 있도록
단단한 아랫배에 힘을 주고 나를 감싸안았다.
오리발 같은 귀품 있는 잎들이
아름다운 세상을 향해 푸르러 갈 때
배아 속 나는 눈 수 백 만개 만들어지고 있었다.
줄기와 잎으로 통하는 일백 여덟 개의 혈관은
가는 목구멍으로 난 사람의 긴 내장같이 어둡고 답답하지만
생명을 주는 하늘과 땅으로 통하는 유일한 탯줄이었다.
나는 연하고 달콤한 식물성으로 온몸이 팽창해 갔다.

연약한 가지와 잎으로 나를 키워내는 어머니 당신은 거룩했다.
고온의 태양을 감내하며
등 굽어 허리 꺾어져 숨죽어 가면서도
일백여덟 개 혈관을 통해 매일 붉은 피를 공급하는
어머니 당신은 위대했다.

단물뿐인 붉은 피 속에서 새까만 눈을 뜨고 있는 나는 배아

장미꽃처럼 붉은 양수 속에서
연약한 여인의 골반뼈를 비집고 나온 나는
똥밭 위에 내버려져도
귀 밝은 더듬이로 햇빛을 따라가는
둥근 지구 같은 푸른 줄무늬 수박으로 다시 태어날 것이다.

다리 실한 감나무 아래

당차지도 못한 할아버지가
선감 깬 대나무 잔뼈들을 뉘었다 세웠다
바람의 리듬을 저울질하고 있다.
문득 햇살이 넘긴 사진첩들이
리듬을 만들어 춤을 추고
할아버지가 넘어갔다 일어서고
구두끈 떨어진 낙엽이 넘어갔다 일어서고
매 순간 지느러미 세우고 빛나는
바람만 당차다.
마당에 대나무 잔뼈들 마찰음 소리
거친 할아버지 숨소리
너덜너덜 말라 비틀어진 나뭇잎 소리

바람의 노래

나무에서 시작된 공기의 번식일까
백지에서 시작된 하늘의 노래일까
바람이 온다.
어디서 온 것인지 알 수 없는
바람이 간다.
양면 바람막이로 모자를 써도 양말을 신어도
천 년 전후의 바람이 내 안에 일렁거린다.
어디 한 곳 막힌 것 없는 몸
어디 한 곳 상한 것 없는 몸
막힌 만큼 상하는 물렁한 생명 안에도
바깥세상 본 적 없는 장기 안에도
바람이 퍼진다.
있다고 하면 없고
없다고 하면 있는
알 수 없는 노랫소리
매미 날개에서도 노래한다.

너는 꽃의 눈물을 닦아주는 바람이면 좋겠다.
꽃이 지는 이유를 아는 바람이면 좋겠다.
보이면서도 보이지 않는 높고 깊은 하늘이면 좋겠다.
바람이 분다. 위에서 아래로 아래에서 위로
세상의 심장 안에도 바람이 분다.
오늘 나는 또 누구의 바람일까

구름 소나타

우리는 소리 없는 구름을 탔다.
뒤엉킨 사랑마다 물소리 흐느끼는 쓸쓸한 포구에서
우리는 가슴속 외로움을 줄이려
아물어진 사랑을 찾았다.
외로움을 즐기려 바다에 모인 사람들 입에서
물소리가 났다.
오리 수 백 마리 줄을 선 하늘은
물길이 열려 있었다.
너와 나는 세상의 바람을 따라 모양이
바뀌는 구름 같은 친구였다.
우리는 어느 포구 허름한 선술집 탁자에서
얼굴을 마주 보고 앉아 술을 마셨다.
창밖의 사거리 신호기엔 황색 점등이 좌우로 점멸했다.
늘어난 단추 구멍같이 힘 없는 너의 눈에서는
피곤이 끝없이 흘러내렸다.
사랑이 부재한 애인의 입술을 빨았던 너의 입은
말이 없었다.
신호기를 무시한 채 달려온 구급 차량은 구름 속으로 달려갔다.
너의 몸에는 100년의 짧은 사랑을 찾아 헤맨 흉터가 남아있었다.
술을 마시다 횡설수설 하늘로 떠난 너는 구름.

구름의 일과

입술로 해를 빨아 먹을 때마다 속눈썹이 무척 흔들렸어요. 바람을 해산하고 바람이 된 것도 비를 해산하고 비가 된 것도 모두 구름의 일과 중 하나였어요. 말이 꽃일 때도 잎이 꽃일 때도 내 몸 속에 몇 천 개의 땀방울이 하늘에 반짝이는 별로 송골송골 피어나면 내 꿈은 보글보글 끓어올랐어요. 구름에 꼬리가 생긴다는 것, 구름에 뿔이 생긴다는 것, 구름에 손발이 생긴다는 것 참 시끄러웠어요. 양은 냄비에 물이 끓어오르는 것처럼 앞으로 내민 발길이 바쁘기만 했어요.

구름은 한 자리에 가만히 서서 조용히 둥근 승무를 아름답게 추고 싶은데 무서운 총탄을 쏘아대면서 고함치는 바람에 정신없이 휘말려 내 몸 속은 빵빵 구멍이 뚫리기 시작하고, 그 구멍 속에서 날개 없는 물방울이 방울방울 기어나와 온 세상으로 날아가기 시작했어요. 모두가 구름이고 모두가 꿈인데도 나는 허리가 아프고 어깨가 아프고 발목이 너무 아팠어요.

누군가의 체온에 흠집이 나, 시도 때도 없이 올 풀려나가는 우리의 몸통 마치 헌옷 중에 헌옷이지요. 온 가족이 고물 화물차에 다닥다닥 매달려 차가 덜커덩덜커덩 달릴 때마다 비명을 질러대는 할머니, 아버지, 어머니, 오빠, 나, 동생 서로 몸이 부딪힐 때마다 물소리가 나고 싱싱한 물고기 냄새가 나는 것은 우리가 시시각각 변하기 때문인지 모르겠어요. 아니 우리가 구름이기 때문인지 모르겠어요. 하늘이 모두 구름으로 움직이고 구름으로 잠을 자는 것은 아시겠지요. 구름을 피해도 구름뿐이고 하늘을 피해도 하늘뿐인 우리들은 뜬구름으로 와서 뜬구름으로 사라져 버리는 일생을 살고 있지요. 높은 하늘에서 소를 만들고 개를 만들고 고래를 만들고 멸치를 만들어 춤추고 노래하다 갑자기 지독한 바람에 천 동강 만 동강 조각조각 썰려 나갈 때 우리는 슬퍼서 구름 소리를 내기 시작해요. 하지만 이때 비로소 우리는 뜬구름 신세를 면하고 본연의 비가 되어 싱그러운 땅으로 급하강해요.

어두운 우리도 활짝 꽃 피면 별이 될 수 있는 구름가족, 우리가 하늘 가득 자라나 꽃이 되어 소리 없는 노래를 부를 때면 일등석 별자리부터 최말단석 별자리까지 예쁜 빛깔로 아롱지기 시작해요. 그때 수 많은 별이 우리의 날개짓에 현혹되어 구경 오기 시작해요. 속옷에 깊이 감춰진 허리와 엉덩이의 곡선까지 다 드러낸 우리의 춤에 감탄한 나머지, 별은 더욱 반짝 반짝 빛나기 시작해요.

인생은 없고 취업 걱정 집 걱정뿐인 사람들이 무럭무럭 자라나는 별들 속에 숨어서 소리 없이 울고 있을 때 우리 가족들은 어깨가 아파 허리가 아파 발목이 아파 너덜너덜 걸레가 되지만, 하늘과 별을 박박 문질러 도파민 세로토닌을 수없이 분비해 온 우주에 동식물이 방긋방긋 꽃피어 황홀한 날갯짓을 해요. 이때 우리의 작은 눈동자 속으로 천천히 끌려들어온 샘물과 폭포와 호수와 강물 속에서 수많은 일자리들이 수많은 집들이 하늘 높이 솟구쳐 반짝반짝 빛나기 시작해요.

달

Ⅰ.
때 절은 얼굴 말끔히 씻은 어머니가
새 옷 한 벌 갈아입고 환하게 웃는다.

Ⅱ.
침침한 산이 멀어져 갈 때 아파트 지붕 위에
길을 먹은 달이 방울방울 걸어오고
머리 위에 발밑에 벽을 만든 우리 집은 높기만 하고
벽에 갇혀 컴퓨터 게임을 하고 있는 나를
엄마가 고래고래 부를 때
내면 없는 나는 고슴도치처럼 목에 가시를 세워 알아서한다니까
버럭 소리친다.

하늘과 땅을 토해 내는 달이 우리의 머리 꼭대기 위에 꽂힐 때
끝없이 기침을 하며 달빛에 표백된 엄마가 힘없이 나를 부르면
컴퓨터 구덩이에 빠져 있는 나는
내 무덤을 넘어 엄마를 바라본다.
달빛을 받은 엄마의 앞치마에
피 얼룩이 반짝반짝 빛나기 시작한다.

우리 집 식구들은 원탁에 둘러앉아 밥을 먹는다.
김이 모락모락 나는 달을 먹는다.
달 같은 쟁반 속에서 꺼낸 고등어에 뼈가 있다.

두 몸이 한 몸이 된 완벽한 뼈
몸을 지키기 위한 완벽한 벽
그 뼈 속에 벽 속에 지금까지 달려온
우리의 시간도 책도 나도 갇혀 있다.

잠을 다 깬 달이 온 방안을 소리없이 걸어 다닌다.
달빛에 보이지 않는 것은 없다.
완벽한 벽이 된 수많은 뼈들이
여기저기서 반짝반짝 빛나기 시작한다.
지금까지 우리들이 깨어지지 않았던 것은 가까이 있으면 멀리
있고 멀리 있으면 가까이 있는 천 년이 지나도 삭지 않는 엄마
의 가슴뼈로 만든 벽이 있기 때문이다.

엄마가 주방에서 숟가락과 그릇을 뒤집으며 벽 속에서 물이
방울방울 기어 나온다.
더 이상 아무도 기침을 하지 않는다.
그 사이 아버지와 나와 동생은 기침을 모두 먹은
하얀 달빛을 한 컵 마신다.
컵 속에 어머니가 웃는다 달이 웃는다.

구부러진 호박 입에 물린 달이 우리 집을 배불리고 나를 배불린다.
달 달 달 속에서 우리는 무럭무럭 자라고 있는 중이다.

천년초

무엇의 습격을 받았는 지 허물을 뒤집어쓰고 안간힘을 쓰는 나무도 풀도 아닌 것이 초록을 모두 떠나보낸 뒤 걸레가 되어 울고 있는 이 힘든 삶의 고루한 시간, 살아 있는 것이 죽어 있는 것보다 더 힘든 일인지 모르지만, 천 년 동안 초록만 생각하기로 한 그는 아무 것도 겁내지 않습니다. 우주의 깊이도 지구의 중력도 무서워하지 않습니다.

반월도를 두 손에 꼬나쥐고 천지를 뒤흔들며 달리고 있는 지옥의 문지기들이 뼈울음소리 섞어 이 '지독한 식물아' 지상 위에서 빨리 사라져 달라고 불호령 쳐도 망나니 칼춤으로 목을 위협해도 뾰족한 바늘 손바닥에 수 십 개 들고 파란 물소리 찰랑찰랑 내면 노란꽃 꿈꾸며 자라나고 있는 그는 겉으로는 죽은 척 석 달 열흘 배 깔고 누워서 드라세나, 드라세나 그날을 기다려야 해 수억 만 번 되뇌입니다.

지옥보다 더 무서운 것은 연민, 연민에 눈꺼풀이 하나라도 풀릴까 봐 고민하며 혓바닥과 입술에 가시를 박은 그의 기도는 계속되었습니다. 바퀴벌레가 발밑에 떨어져 죽어가는 신음소리가 들려와도 달이 가슴 위에 떨어져 죽어도 그는 아랑곳하지 않고 눈 감아 버립니다. 그 누구도 후벼 파낼 수 없는 단단한 손바닥 속에 따뜻한 자궁 몇 개 감춰놓은 뒤 세상의 온갖 분노도 그의 온갖 분노도 아름다운 마법으로 승화시켜 황홀한 포도 냄새 딸기 냄새 오렌지 냄새 나는 수액을 탄생시킵니다.

천 개의 손도 발도 입도 두꺼운 손바닥으로 틀어막고 호흡을 해
야 하는 힘든 삶은 계속되었습니다. 하지만 그는 인내가 부족할
때마다 큰 바늘을 몸 속에 툭탁툭탁 박아 넣습니다.

세상의 모든 향기는 몸속에 있다는 것을 눈물 속에 있다는 것을
이미 오래 전부터 알고 있었던 그였기에 모든 것을 참을 수 있
습니다. 아니 꽃과 태양을 임신한 따뜻한 자궁 속으로 들어갈
수 있습니다. 그 때 바깥에서는 지구 모양의 손바닥이 세상을 버
티고 있습니다.

몇 달 몇 일을 기다렸을까. 어둠을 헤치고 달려온 햇살을 입안
에 꿀꺽 삼키자 거친 마그마 숨결이 활활 불타오릅니다. 몸 속
어디에선가 새소리가 납니다 물소리가 납니다. 뼈 없는 부드러
운 살과 피 속에 몇 만 볼트의 전류가 흐릅니다. 사랑이 흐릅니
다. 입 속에서 태양을 불어내며 그는 샛노란 꽃을 하나 둘 피우
기 시작합니다.

|제2부|
어떤 날의 우체부

봄꿈

누굴 만나러 화장을 하고
커다란 젖무덤을 출렁이며
새 옷을 한 벌 입는가?

바람에 이슬방울이 떨어지면서 중얼중얼
철 없는 꽃이 왜 피는 거야.
누구 갈비뼈가 부풀어 올라 땅을 접었다 펴는 거야.
구두 안에 웅크린 누구 발이 웅성거리는 거야.
철없이 꽃피는 소리들로 머리통은 어지럽고
가슴팍은 빠개지고
온 몸에 눈동자가 하나 둘 자라나고
바람은 웃음으로 부풀어 오르고
전화기 속에서 활짝 웃는 입술이 방울방울 꽃피고
하늘에 머리를 대고 자고 있는 구름떼들이 땅에 내려와
눈을 뜨고 와글와글 웃는다
아스팔트 바닥은 더 와글와글 웃는다.
온 세상을 짓밟으며 기어이 오고야 마는 열꽃
몇 천 개의 해와 달이 빠져도 움쩍 않는 연못 속에 빠져
구석구석 온 몸에 뿌리 내리는 당신은.

밤의 정원

설익은 마음들이 욕망으로 번쩍번쩍 불타오르는 홀 속에 원탁이
하나 놓여있다. 그 원탁에 앉고 싶어 걸음마를 배우는 아이처럼
뒤뚱거리며 원탁 쪽으로 걸어간다. 밤마다 살찌는 영혼, 술과
안주의 축축한 이름들이 검은 책 속에 신발 벗고 반쯤 모자를
삐딱하게 쓰고 이죽이죽 웃고 있다. 잎도 전구도 없는 나무에
귀신같은 전등불이 빛나는 몇 십 개의 원탁에 술병을 엎질러가
며 작작 매상들을 올리고 있는 사람들을 쳐다보다가 죽은 가수
의 노래가 밤의 신에게 기도를 올리는 듯 은은히 흘러나와 내가
앉은 홀의 원탁에 반쯤 모자를 삐딱하게 쓰고 앉아서 나의 슬픔
이 너의 슬픔 너의 슬픔이 나의 슬픔이라며 돈 걱정 기름 걱정
건강 걱정 다 내려놓고 정말 화려한 이 밤에 대해서 화려한 연
애에 대해서 이야기하잔다.

웨이터가 죽은 나무가 사람의 영혼처럼 번쩍거리는 숲을 지나 술과 안주를 나른다.

구석구석 구멍 속에서 어둠이 웃통을 벗고 근육을 키워가는 밤 홀 밖에서 웃자란 삶의 뿌리가 흔들리다. 조금씩 잘려 나간다. 뼈와 근육에 술이 칼이 되어 찌른다. 몸 속에 소리없이 문 하나 열린다. 이제 나이를 내려놓고 굽은 뼈마디들을 편다. 꽃미남 영감님 나와 같이 아양 진득진득한 젊은 여인의 목소리가 귓불을 때리자 깡통처럼 찌그러진 얼굴을 편다. 아니 하얀 과거로 돌아가 탕탕 피돌기를 돌린다. 하지만 누군가 길도 없는 홀을 나가다 손가락을 휘저으며 나이를 생각해야지, 여기가 공동묘지인 줄 아시나 중얼거리며 지나간다. 잠시 술과 안주와 꽃뱀이 주름을 메워주었던 정원에 휘어진 산길 하나 가물거리고 있다.

운다

햇볕에 잎맥 하나 남지 않은 어두운 밤
등 푸른 개구리가
물속에서 운다.

나는 방 안에 누워 천정을 보고
천정은 나를 보고
우리는 말이 없다.

벼 포기 사이사이
결 없는 물이 운다
개구리가 물을 따라 운다
어둠이 어둠을 하나 둘 꺼내 운다.

어디서 온 울음들일까
올 때도 울었는데
갈 때도 운다.

울고 올 것을
울고 갈 것을 다 아는
방 안에 벽장시계도 따라 운다.

이름만 남기고 떠난 여인
깊은 밤
내 울음을 천천히 하나 둘 꺼내 놓는다.

촛불

목이 가는 그
누구를 그리워하는 지
눈동자 가득
눈물이 부풀어 오른다
그가
심지에 불을 붙여
몇 평 불을 밝힌다
불은 점점 밝아오고
그는 점점 작아진다.
한 방울 두 방울 눈물이
발등 위에 뚝뚝 떨어진다
살과 뼈 눈물 콧물을
불인두로 연비하는 그는

악몽

늑대 한 마리가 아파트 숲에서 낮잠을 잡니다.
길이 막히지 않는 바람은 웃으면서 오지만
길이 막히는 햇빛은 길을 잃고 돌아갑니다.
머리 하나 없이 다리 하나 없이
엉덩이만 살찐 아파트가 잠을 잡니다.
입이 없으니 먹을 필요도 다리가 없으니
걸을 필요도 없는 아파트는
낮밤 없이 잠만 잡니다.
분명히 나는 남자인데 여자가 된 꿈을 꾸고 있습니다.
늑대가 여우가 되는 꿈을 꾸고 있습니다.
내 앞가슴에는 호박만한 젖이 두 개 나 달려 뛸 수가 없습니다.
어디선가 교량이 파괴되는 소리 나무가 부러지는 소리
빛이 토막토막 바람에 잘리는 소리들이 무섭게 들려옵니다.
순간 내 긴 속눈썹이 파르르 떨립니다.
나는 지금이 꿈이었으면 하고 생각합니다.
사방에서 사이렌 소리가 들리고 사람들은 거리로 뛰쳐나옵니다.
몸이 둔한 나는 아파트 숲을 날아서 나옵니다.
온 몸이 날개가 되지 않으면 살아남을 수 없는
무서운 세상입니다.
사람들은 속이 텅 빈 아파트를 멀리서 바라보며
거리에서 술렁거리고 있습니다.

개다리와 닭다리가 고층 아파트로 횡횡 날아올라
유리창을 박살 내고
아파트 건물을 공습합니다.
무서운 태풍을 뿔에 매단 황소떼들이 눈에 불을 켜고
아파트 건물을 향해 돌진합니다.
무서운 황소떼들이 영화 속에 괴물처럼 하늘을 붕붕 날아다니며
아파트를 테러합니다.
공룡 같은 아파트가 배에 구멍이 뻥뻥 뚫리기 시작합니다.
구멍 뚫린 아파트 속에서 토막토막 잘린 숟가락과 젓가락이
무섭게 뛰어내립니다.
짐승들이 영리한 사람들을 무찌르고 아파트 옥상 위에
승리의 흰 깃발을 꽂습니다.
짐승들이 순한 송아지 눈을 껌뻑거리며 꼬리에 매달린 이상한
국기를 엉덩이로 흔듭니다.
짐승들에게 아파트를 빼앗긴 사람들이
거리에 몰려나와 술렁이고 있습니다.

농사를 짓던 김 씨도
킹스에서 산 햄버그와 쏘세지를 도시락에 가득 담아
송아지 눈을 껌뻑이며 외국어학원에 가는 아들 딸에게 건네줍니다.
누군가가 켜 놓은 TV에서는 무역 전쟁이 한참 진행 중입니다.

이제 총 칼 없는 서바이벌 전쟁이 시작되었습니다.
나무 숟가락과 나무 젓가락을 든 우리 측 협상단과 쇠나이프와
쇠포크를 든 외국 측 협상단과의 무서운 전쟁입니다.
물론 무기만 보면 전쟁의 승패는 알 수 있는 일이지만
아무리 무기 없는 전쟁이라곤 해도
모든 조건이 우리에게 불리합니다.
개 돼지에 눌린 소에 눌린 사람들이
거리에서 비명을 지르고 있습니다.
거리에는 죽은 사람의 시체가
더러운 짐승들의 똥 위에 널려 있습니다.
아파트 옥상에는 점령꾼들이
승리의 파티를 열어 소란을 피우고 있습니다.
지구는 아무리 둥글어도 국경선은 둥글지 않습니다.
그래도 해와 달이 둥글 듯 지구는 둥급니다.
크르렁, 크르렁 늑대 한 마리가 아파트 숲에서 일어납니다.
딸기 향이 나는 정오의 싱싱한 태양이 하늘에서 흘러내립니다.
어둠이 와도 해는 죽지 않습니다.

그림자

앞에 섰다 뒤에 섰다 옆에 섰다
나와 한 조가 된 그가
나를 따라온다.

걷지 못하는 나무를 비웃으며
내가 가면 따라오고 내가 서면 따라선다.

달려가는 듯 걸어가는 듯
오묘한 발걸음
소리도 없이 무정무정 나를 따라온다.

죽은 듯 살아 있고
살아 있는 듯 죽어 있는 내 속에서 검은 사람 하나 빠져나와
슬그머니 자취도 없이 무정무정 사라진다.

외출이 그리운

빽빽한 대밭은 술렁거린다
저 할머니 할아버지들 왜 저기에 있을까.
살점 하나 없이
속이 텅텅 빈 두 다리들
바람에 오락가락
햇빛에 오락가락
뚜두둑 뚜두둑
뼈소리 낭자하다.
오래된 저 나무들 야윈 두 다리를 하염없이 바라보고 있다.
나무들 더욱 창백해 보인다.

수 많은 참새떼 대나무 숲으로 포롱포롱 날아가
나무의 목과 등 팔다리를 토닥토닥 두드린다.
나무껍질 벗는 소리
피리 부는 소리
차랑차랑 더 높아진다.
할머니 할아버지 뼈에 박힌 아픔까지 환하게 빛난다
그 밑에.

두 날개를 접고 앉아 있던
외출이 그리운 나비 한 마리 두 마리
퍼드덕 퍼드덕
하늘
위로
위로
날아오른다.
구름이 하늘을 밀고 가는 소리
햇빛이 꽃피는 소리
어둠이 꽃피는 소리 천지가 출렁거린다.

돌담

돌을 쌓은 사람들의 눈이 반짝이는
돌담 속에 숨어 있는 햇살을 한 주먹 잡으며
가는 손금 안에서
이랴! 자랴!
햇살을 한껏 받은
할아버지 아버지 목소리가 우렁차게 들린다.
내 손톱 밑에서 깨어나는 산골 풍경
교회도 보이지 않는 교회의 종소리가
덩! 덩! 울린다.
소 한 마리 빠져 나간다.

비좁은 골목길 모퉁이에
할아버지 할머니 아버지 어머니
부르튼 입술 위로 흘러나오던 노랫소리와
추위를 견디다 찢어진 손등의 피 얼룩을
삼킨 돌담길은
질긴 풀과 가시로 뒤엉켜서
길을 막고 있다.
우리들 아픈 손발들이 잠을 자고 잠을 깨던
돌담 속에서 보이지 않는 목탁소리
또록또록 울린다.
소 한 마리 빠져 나간다.

돌로 차곡차곡 갠
습한 인연들이
오랜 돌담을 비집고
한 마리 두 마리 둥근 울음소리를 낸다.
우무! 우무!
아!
돌담은 묵은 때를 벗고 싶어
메마른 살빛들이 한 바가지
맑은 세숫물을 찾고 있다.
아직도 사람 발자국과 소발자국만 진지한
내 고향! 진흙소* 한 마리 빠져 나간다.

*진흙소 : 불교의 적멸 열반의 절대경지인 진여자성 자리

개불

아침 해가 뜨면
바다는 아슬아슬 인사를 주고받고
뜨거운 별밭은 술렁인다.

바다로 나간 남편은 돌아오지 않고
계단이 하나 둘 빠져 나간 집을 기운다.

아이의 책가방을 챙겨 서둘러 유치원에 보낸
그리움 많은 내 젊은 두 가슴과 팔굽과 무릎은 밝고
바다를 닮은 거친 사내의 손발은 언제나 멈추는 법을 몰라서
안전선 밖에 있는
질퍽질퍽한 벌밭을 뒤진다.

지구의 후생을 감당하는 바다가
한껏 부풀어 오른 된장찌개같이 질퍽질퍽해지면
벌밭을 쑤시고 다니는 망측스런 길쭉한
몸통을 쑥 뽑아 올려
너무 비워버려 아예 구멍조차도 다 부서져 나간
하늘을 바라본다.

마치 누워서 성기를 세우고 있는
굵고 붉고 가무잡잡하기도 한
마치 허공과 하늘이 다 생식기이기나 한 듯이
망측스럽게 개불을 쑥 뽑아 올려
감히 온 세상을 뒤튼다.

어느 한쪽이 꽉 막힌 나를 바라본 겁 없는 그놈이
속도 없는 속을 비우려고
알 수 없는 글자를 벌밭에 쓱쓱 적어 놓고나면
까만 구멍이 난 바다에는 잘그랑잘그랑 문이 열린다.
이미 오래 전부터 꼭꼭 닫힌 문 하나 벌컥 열어
밀물과 썰물로 파도치는 바닷물을 줄줄 쏟아낸다.

월여산

햇빛이 제 살을 다 파먹은
저물녘

'월여!' 하고 부르면 저녁이 오고
소를 몰고 오는 사람소리 멀리서 들려온다.

하늘이 내린 허공의 인연
뼛속까지 가득 차 오르면
소뿔로 외양간 나무기둥을 비빌 때마다
천 년 만 년 삼봉골 물은
벼랑을 지나 먼 수평선을 향해 바다로 간다.
바람도 그 물결에 대고 입을 비벼대면
온 산정은 한 권의 경전이 된다.

어둠에 묻힌 월여는
하고 싶은 말을 다 풀어놓지 못해
화답도 없는 산자락만 매만지다
속눈썹 깜빡이고 있다.

월여산 노래

오래 잠든 대한의 땅 월여산에
풍설 거치고 잠 깨는 날 오라
뜨거운 피 귀밑까지 끓어오르는 날 오라
긴 겨울 만고풍상에 시달리던 꽃나무에
꽃피는 날 가야금 같은 빗줄기 튕기며 오라
그대여, 월여산 철쭉꽃 거룩해지는 날 오라.

피카소의 그림 한 장

이것은 한 바가지 흙탕 물 속에서 핀
한 주먹 꽃이다.
알알이 동글동글 뭉쳐서 가지런히…

이것은 아직
하늘을 흔들지 않았지만
땅을 흔들지 않았지만
물을 잘게 부수고
흙을 잘게 부수고 피어나는
한 주먹 꽃이다.

풀도 없는 풀 향기와 꽃도 없는 꽃향기와 함께 피어나는
앞바퀴 뒷바퀴 물속 생을 개굴개굴 돌린다.

겨울의 하얀 얼굴들이 아무리 잔혹하게 뜯겨도
이별을 놓지 못하는 씨앗들

논바닥 한쪽 귀퉁이에서
봄이 오는 소리에
수천 개 알을 꽂아두고 소리없이 생을 풀고 있다.

피카소가 그린 듯
사람의 얼굴 같기도 하고
코끼리의 발바닥 같기도 한
싱싱한 그림 한 장
물 위에 동동 떠 있다.

눈 덮인 사원

삼월 눈 오는 날엔
절 도량 사라지고
와불도 잠깐 사라진다.

삼월 눈 오는 날엔
앞마당 뒷마당 부처 없는 사원에
불두화 보살
백당나무 처사는 온몸으로 연리지를 만들고 있다.

둥글둥글 하얀 연등
어둠을 덮고
해와 달 밝히면

산골짝 금수들도
촛불공양 올리고
일심향불 태우지.

지지배배 보살
야옹처사
지지배배, 지지배배
야옹 야옹 염불하지.

빈승 동안거 왔다가
빈승 동안거 마치고 하얗게 간다고
해마다 삼월이면 몸져 눕는 산사

시골 이발소

머리카락 대신 숲이 무럭무럭 자랐죠.
웃자라다 못해 비스듬히 쓰러져 가던 숲에
새 대신 이가 피를 먹고
뿔난 코로 방울방울 웃었죠.
피를 빨린 아이가 늑골을 벅벅 긁으면
검은 구름 속에서 흰 나비들이 날아 나왔죠.
걸쭉한 탁주가 사방에 줄줄 흘러내리는
시골 이발소
늦은 오후 햇살이 먼지 낀 거울 속으로 파고들면
조용한 이발소는 붉게 타오르기 시작하죠.
빗과 가위가 아이의 머리를 밟고 지나가고
머리카락들은 무더기로 바닥에 떨어져
비명 한번 지르지 못하고 죽어버리죠.
아이의 심장을 담은 책 보따리가 빈 의자에 앉아
지루한 듯 창밖을 내다보면
액자 속에 봉황이 날아갈 듯 꿈틀거리죠.
껍질을 하나 둘 벗은 아이는 그림자도 숨을 수 없는
단단한 알맹이로 변하기 시작하죠.

흰 가운을 입은 이발사는
거울 속 아이를 툭툭 몇 번 튕긴 뒤
긴 허리를 구부렸다 폈다
나무껍질 같은 산골 안부를 물으며
목에 칭칭 감았던 검은 보자기를 풀어주죠.
아이가 봉황인 듯 봉황이 아이인 듯
작은 액자 속에서 나와
구불구불한 길을 끌고 집으로 가면서
배고픈 밥맛을 생각하며
붉은 떨림으로 웃음소리 더 높이죠.

구멍

출입문이 열리자
해가 그의 머리를 쓱쓱 쓰다듬습니다.
구멍 밖에 길이 있다는 것을
아직 태어나지 않은 생명들도 알고 있지만
그는 막무가내 길을 찾습니다.
어제 밤이 뒤쫓아 와 그의 등허리에 꽂히려 하자
잽싸게 발뒤꿈치로 가격합니다.
쓰러질 곳도 없는 어제 밤은 잠시 하늘로 날아가
홀로 사는 별이 됩니다.
해의 환한 피가 단 한번 부스럭거림도 없이
구멍에 꽉 차 버립니다.
매일 어둠 속 길을 가던 그가 구멍 밖으로 나와
금방 다 부서져 버릴 것 같은 바람 위를 걸어가면서 고양이를
보고 움칠 놀랍니다.
입에서는 썩은 피 냄새가 납니다.
고양이가 음흉하게 웃습니다. 입에서는 썩은 피 냄새가 납니다.
그는 잃어버린 아들이 생각나 온몸을 바들바들 떨며 고양이가
한 눈 파는 새 따귀를 때리고 도망칩니다. 바위 틈에 숨습니다.
그때
엉덩이를 까고 머리를 거꾸로 처박은 돌멩이가 말을 합니다.
등에서 가슴에서 나무소리 나는 흙이 말을 합니다.
"세계는 한 덩어리 창공."
몸에 편한 자세 하나 없이 오전부터 오후까지 어디 가시나요,
당신

너희들을 꾹꾹 밟고 미래로 가지
중력이 없는 우주로 가지
시간은 피가 돕니다.
봄 여름 가을 겨울 또 봄 여름 가을 겨울 또 봄
지금 싱싱한 피가 절박합니다.
땅을 젓가락질하는 꽃씨들 입김이 모락모락 피어오릅니다.
돌멩이와 흙이 다시 말을 합니다.
구멍은 매 맞은 과거들의 소리입니다.
진짜 세상을 모르는 자들의 희망입니다.
당신 혹 여인, 당신 혹 사내,
그 멀고 가까운 간격을 유지하기 위해
골똘하고 점잖은 부동자세로 땀 흘리고 있는 중이잖아요.
돌에서 땅에서 사막 냄새가 난다고 마음 아파
꽃으로 나무로 열매로 정겨운 풍경 만드는
창공을 보고 있으면 얼마나 편안한데요. 얼마나 즐거운데요.
긴 꼬리 흔들며
전쟁과 욕망에 매달려 출렁출렁 쥐꼬리만 한 월급 받는
당신 발걸음
동전소리 나는 당신 발걸음
온통 죽음 냄새뿐인 줄 모르세요,
그는 말합니다. 구멍 밖에는 뱀이 득실거립니다. 아들을 죽인
고양이가 발톱을 세우고 으르렁거립니다.
긴 꼬리를 흔들며 구멍 속으로 다시 돌아갑니다.
빛이 들어왔던 가슴에 시간이 들어왔던 가슴에 캄캄한 흙이 들
어옵니다. 캄캄한 돌이 들어옵니다. 그는 편안합니다.

입

영겁을 연결하는 두 눈을 얼마나 오래 감았을까.
얼마나 오래 뜨었을까.
가뭄 끝에 비
비 갠 뒤에 안개를 타고 온
두꺼비 한 마리
밥숟가락 우겨넣는 혓바닥 밑에 벌레 수천 마리
바글바글 꿈틀거린다.
밀원 속 꿀통 앞에 납작 엎드리고 앉아
깊은 몸 속에 긴 칼 하나 쑥 튀어나왔다 쏙 들어간다 .
두꺼비 한 마리 앉았다 일어섰다 벌을 벌로 먹는다.
무서운 독침이 사나운 피도 입으로 들어가면 모두 도륙된다.
두꺼비는 혓바닥으로 몇 백 마리의 벌을 먹었을까.
사람은 혓바닥으로 몇 천 마리의 소 돼지 닭 물고기를 먹었을까.
느릿느릿 점잖을 떠는 입과 혓바닥

해를 밟고 가는 생의 길이
정녕 핏덩이 살점들을 도마 위에 올려놓고 탁 탁 탁 토막 쳐서
한 점 두 점 입 안에 삼키는 일이더냐.

도마 위에 칼 부딪치는 소리 수천 개 수십 만 개 합성한 기차가
휙휙 바람을 능숙하게 멈추고 구름을 쫓아버리고
10개가 넘는 큰 입으로 삼삼오오 줄을 선 사람들을
집어 삼켜 버린다.
입의 끝은 어디일까
수십 대의 기차를 먹은 역이
빵빵하게 배를 불리고 붉은 입을 훔치고
빙그레 웃고 있다.
역을 먹은 하늘은 입이 보이지 않는다.

신호기

동그란 두 구멍으로 졸졸 흐르고 있는 도랑물
태양이 마주할 때도 어둠이 마주할 때도
틈만 나면 황색 심호흡을 하며
빨강 파랑 물줄기를 마구 쏟아내네요.
내 두 눈이 바짝 긴장하네요.
동그란 저 두 눈 속에
과거 현재 미래 시간이 질주하네요.
죽음과 삶이 질주하네요.
물을 마구 뿜는 저 사람, 팔이 하나도 없네요.
무슨 사연이 있는 지 물어보고 싶지만
아무도 물어보지 않아 나 그만둘래요.
일분 일초 시간을 신으로 모시고
전선의 임파를 따라 반짝이는 두 분
별빛보다 더 영롱하네요.
순도 100%의 규칙을 따라 마주한 우주의 눈, 귀 앞에선
나는 순도 몇 %의 인간일까요.

하늘에서 청색 적색 삶의 뿌리를 몇 천 가닥
내려주네요.
나를 잠깐 더 생각하라며 황색 뿌리를
몇 천 가닥 내려주네요.
미로를 향해 질주한 총알 차량들이
투명한 배열로 서서
황색 망상 거듭하며 무인 교통관의
따뜻한 신호를 주시하네요.
도처에서 모인 총잡이들이 액셀레이터 위에서
발가락을 부르르 떨고 있네요.
바쁜 사람들의 삶이 고무바퀴 위에서 꿈틀거리고 있네요
바람의 탄환이 악취를 풍기고 있네요.
작은 노트 안에 갇힌 길은 균열이 생긴 만큼 흔들리지요.

수취함 둥지

김 씨의 집 나무대문에
때 묻은 우편함 하나 매달려 있다.
우편함은 문이 열려 있고
그 속에 편지와 새 깃털이 배달되어 있다.

나는 편지를 물어넣고
새는 나무를 물어넣고

우편함 무게는 아무도 알 수 없지만
어느 한쪽으로 단 한 번도 기울지 않고 단단하게
매달려 있다.

새와 나는 무엇일까
김 씨와 나는 무엇일까.

며칠 뒤
새는 원시적 어둠을 플라스틱 바닥에 깔아놓고
알을 쪼아 불같은 생명을 하나 둘 탄생시켰다.

우편함이 새 둥지가 되었다.
그 속에서 새들은 물을 나눠먹고 먹이를 나눠먹고
한 소식 머물다 갈 답장 없는 편지에
붉은 소인을 또박또박 찍었다.

김 씨의 집 나무대문에 내가
붉은 글자로 또박또박 써 붙인 쪽지에는
김씨 아저씨 편지는 우유 주머니에 있습니다.
우편함은 새 가족이 살고 있는 집입니다.

양은냄비

진득하니 기다리는 달을 닮았다던
아내 결혼한 지 몇 년 만에
성격 급한 양은냄비가 다 되었다.
툭 하면 자글자글 웃음으로
툭 하면 냄비뚜껑 들썩들썩 뒤흔드는 소란으로

조급한 닦달질에 이력이 난 우리들
물을 만난 냄비도
냄비를 만난 물도
시끄러운 생활에 달을 놓친 아내가
어지러운 세상에 해를 놓친 내가
시키는 대로 청하는 대로
때로는 가득찬 물이 되었다.
때로는 반도 못 미치는 물이 되었다.
뽀글뽀글 하얀 미소 지으며
동그란 달로 너 내 위에 떠 있고
동그란 해로 나 네 위에 떠 있다.

일식

백주대낮
창문 다 열어놓고
동침을 한다.

불가마속

묵언默言

나 오늘도
어쩔 수 없이 구업口業을 지은 거니.

어떤 날의 우체부

하늘이 구름을 뜯는 소리에
허물 허물 땅이 녹는다
나무가 녹는다.

해만 보고도 시간을 알 수 있는 산골 풍경 위로
구름이 먹물을 왈칵 쏟아내고
가지 끝에서 움트는 소리 우주를 박음질한다.

수다 삼거리에 무거운 빗방울로 갈아 입은 도로는
부산으로 대구로 출렁출렁 흘러가고
도로에 시침판을 박은 한 여인이 머리에 우산을 쓰고
주위를 두리번거리다
목청을 다해 비명을 지르고 손짓 발짓을 하며
걸음걸음 눈물이 되어
나를 향해 뛰어온다.
나는 빨간 우체부 오토바이를 도로 가장자리에 박아놓고
그녀를 향해 뛰어간다.
아무것도 알아들을 수 없는 그녀의 목소리와 손짓 발짓이
내 귀와 뇌 속에서 나침반을 돌리지만
내 귀는 사방으로 뚝뚝 떨어져 나가
귀 없는 사람이 된다.
주먹을 꽉 쥐고 맹렬히 휘두르는 흙빛 물줄기는 굵어지고
그녀는 삼거리 도로 위에 굵은 손가락으로 시침판을 꼽고

봉산면이라는 글자를 한 땀 두 땀 박음질한다.
그녀는 또 강줄기에 역인 도로 위에 동동 떠 있는
한 마리 소금쟁이가 되어
택시라는 글자를 한 땀 두 땀 박음질한다.
아! 내 누이 같은 벙어리

나는 핸드폰을 우주 지퍼에서 꺼낸 뒤 신원택시 기사 김 씨에게
핸드폰 번호를 누르고 또 누른다. 김 씨는 아무 응답이 없다.
나는 태어나면서 심장에 박힌 아득한 본성 하나를 외투 지퍼에
손을 넣어 끄집어 낸다.

나는 승강장 안에서 그녀의 허름한 가방 두 개를 꺼내
우체부 오토바이통에 싣고
오토바이 시트 위에 불안해 하는 그녀를 앉히고
내 성근 두 팔로 핸들을 부여잡고 온몸 추슬러 엉덩이를 꼿꼿이
세우고 휘청휘청 거리면 약 시속 10km 속도로 내 집배구역도
아닌 약 20km나 넘는 타군 봉산면을 향해서 줄기찬 빗줄기를
뚫고 달리기 시작한다.

거친 비바람은 산을 꺾고 나무를 꺾는다.
봉산 양지마을 S자 내리막길에서 비를 타고 날아온 벌레 한 마
리가 내 눈 속으로 파고들어 눈이 따끔따끔 아리고 눈물이 자꾸
흐르지만, 우리는 목적지에 도착할 때까지 오토바이를 세울 수

없다.
그녀는 무엇이 괴로운 지 연신 괴상한 비명을 냅다 질러대고 비 오는 3월 1일 침침한 오후 4시가 그녀와 나를 절벽으로 밀어낸다. 나는 공휴일에도 일을 한다. 지금이 선거철이니까?

약 40~50분 이상 악전고투 한 뒤
구름이 유혹한 향기로운 봄비에 몸이 소독된 그녀를 봉산면 소 제지에 천천히 내려주고 두 손을 높이 쳐들어 대한독립 만세를 소리 없이 외치고 또 외친다.
그녀는 머리에 가방을 이고 들고 하늘 속에서 나와 우는 빗줄기 를 가르며 들리지 않는 두 귀를 쫑긋 쫑긋 세우고 뒤뚱뒤뚱 사 라진다.

빨간 오토바이 우편통에 우편물이 실려 있고
주룩주룩 내리는 비에 내 울음은 아직 끝나지 않았다.

|제3부|
이게 요즘의 나

옷

하늘을 보면 내 옷을 말하고 싶다.
왜 그럴까
게으른 나처럼 게으른 저 놈의 하늘
콱 한 방 쥐어박고 싶은데 높긴 왜 저리 높아
옷을 건성건성 빨아 땟물 비누거품 다 헹궈 내지 않은 내 옷이나
땟물 비누거품 다 헹궈 내지 않은 옷 입고 나온 저 놈의 하늘이나

똑같아, 똑같다.
내 옷 호주머니마다 들어앉은 먼지모래 휴지조각
하늘 옷 주머니마다 들어앉은 먼지모래 휴지조각
똑같다, 똑같다.
옷 주머니 속에 우글거리는 어둠
하늘 주머니 속에 우글거리는 어둠
빛 한 점 없기는 똑같다 똑같다.

세상 다 가진 하늘
세상 다 가진 나
우중충하기는 매일반

내 옷도 하늘 옷도 다시 다 벗겨
드림세탁기에 기능성 세척제 듬뿍 넣어
깨끗이 빨아서
봄날 남쪽 새순 돋는 탱자울타리에 늘어놓고
뽀송뽀송 마르면
새 옷 같이 입고 싶다.
새 옷 같이 보고 싶다.

머리카락에 덧붙여

내 머리는
잠시 혼자 늙어가는 머리카락에 대해 생각한다.
몸에 파문이 흰 멍으로 자라는 인생 전반에 걸쳐
애독하기 시작한다.
예의없이 피우던 담배 소리치며 마시던 술
요컨대 새까만 머리카락에서
비롯된 반역의 모든 행동들을 거울 앞에 조용히 앉아서
한 올 두 올 손질한다.
흰 머리카락들을 만지면서 하늘로 치솟는 이별로 나는
반성을 거듭한다.

머리카락은 세상의 꼭지에 있어
세계가 다스릴 수 없는 삶의 불모지대
빛이 없으면 색깔이 모두 새까맣게 지는 이유를
끓어안은 이 밤
새치머리카락 흰 머리카락들이 좋아진다.

온갖 비바람에도
한 평생 머리 밖으로 빠져 나오지 못한
단단한 머리카락들이 혈연들이
천 가닥 만 가닥 내 머리 위에서 당신 머리 위에서
억센 잔디처럼 자라나고 있다.

손톱 닳는다는 소리는 들어봤어도
머리카락 닳는다는 소리는 들어보지 못한 나는 새카만
머리카락 같은 이 밤이 좋아지고 이 방이 좋아진다.
이제 방은 춤추는 사람을 섬으로 거느린 요란한 바다
나무의 머리카락 흙의 머리카락 돌의 머리카락
시간의 머리카락들이
섬 한 자락 붙들고
천 가닥 만 가닥 회오리치는 파도 소리 흘린다.
세상에 빛은 하늘로 다 가고
어둠 속에서 눈 먼 사랑을 잡고
선악도 나이도 없는 홀을 나는 빙빙 돌고 또 돈다.

누군가 내 머리카락을 만진다.
두개골 위에 흰 깃털이
흰 시간이 가지런히 놓인다.
홀로 마냥 두면 헝클어지겠다는 생각이 들어 빙긋이 웃는다.

오늘 밤 당신의 머리카락 몇 개
망가뜨리고 있는 이 시간에도
육신의 정수리 위에서
내 생도 당신의 생도 기름기 빠져 나가는 흰 머리카락으로
변모해 가고 있다.

뼈도 살도 피도 없이
몸의 꼭대기 위에서 무성하게 자라고 있는
사나운 짐승의 털을
당신의 손으로 빗어주면
눈과 귀를 찌르고 있는 헝클망클한 생각들이
당신의 따뜻한 심장 속으로 들어가 나는 사람이 된다.

사랑을 하는 새들은 부리로 서로의 털을 다듬어주며
그 털 속에서 알을 낳는다.
털처럼 머리카락처럼 따뜻하게 자라나는 사랑이
하늘에도 있다. 허공에도 있다.
돌에도 있다. 먼지에도 있다.

머리카락을 만져보면
인생 같다는 생각이 든다.
땟국물이 졸졸 흐르는 머리카락 속에서
매일 새로운 인간이 걸어나오다.
새치머리카락이 걸어나오다.
흰 머리카락이 걸어나오다.
천 가닥 만 가닥 노화의 캄캄한 의미가 무수히 걸어나오다.

당신의 칼칼한 머리카락을 가져 오던 어느 날
혼자 있는 당신의 마음을 보았다.

나와 당신은 두 개의 호두
그 호두를 염주알 굴리듯이 동글동글 손으로 굴리면
행운이 찾아온다고 믿었다.
지금도 사람들은 호두 같은 머리를 동글동글 굴리며
행운이 찾아오길 기다리고 있다.
내가 사랑을 주무르고 있는 동안 새들은 털을 고르고
무수히 하늘을 날아다닌다.
나무도 풀도 꽃도 머리카락 자라나는
소리가 시끄럽게 들려온다.

머리카락에 대해 말을 하다.
가발 공장이 성업을 이루던 시대 이야기를 나누던
노부부가 머리를 빗을 때마다 한 가닥 두 가닥 하얗게
빠진 머리카락들을 동글동글 뭉치며
새까만 아들 딸 손자 손녀들을 기다린다.

오늘밤 당신과 나는 머리카락을 매만지면서
누군가 머리 위에 펼쳐놓은 신간의 문양을 본다.
뚜두둑 관절소리를 듣는다.
당신과 내가 지금까지 나눈 이야기가
과연 머릿속에 몇 가닥 남아 있을 지
내가 내일
한층 더 큰 머리로 잔디를 키운다면 돌도 흙도 나무도 풀도
새도 벌레도 모두 나의 분신이다.

수다 떨기(바위 덩어리 하나 꿍 떨어진 뒤)

후끈 달아오른 입들이 모여
방울방울 대사를 읊조린다
이 한심한 족속들의 족속들이 대군락을 이룬다.
그 족속들이 저 족속들로 능수능란하게 변신한다.
나무들은 점잖은 인간
곧게 편 허리며 말 없는 입이며 생각 없는 가지며
남녀노소 삼삼오오 전국 각처에서
거리로 시민광장으로 여의도로 통통 모여들어 전쟁을 한다.
손가락 젓가락이 날아가고
몽둥이가 날아가고 방패막이 날아가고 불붙는 화살이 날아가고
뼈 조각이 날아가고 이빨이 날아간다.
이 말이 저 말을 때린다.
좌충우돌 우당탕탕
이 입 저 입에서 나온
발 냄새 말 냄새
맨홀 뚜껑 열린 하수구 냄새 같다.
말로, 배부를 대로 배부른데
꾸역꾸역 말 밥상을 차려 와
말을 배터지게 처먹이는
중앙방송 지방방송 중앙신문 지방신문
귀신같은 저 화상들
방어와 공격이 현란해
단 한 방도 피할 수 없다.

쓸데없는 말 매를 맞는다는 것은 몰매를 맞는다는 것
어금니 꽉 깨물 사이도 없이
허연 귓구멍들이 이죽이죽 쓰러진다.
캄캄한 사람들 목구멍 속에는 무서운 말들이
얼마나 유숙하고 있는 지
아무도 모른다.
병원 영안실 안에서
몸에 불길을 받을 때도
유골함 속에 잿가루로 운구되어 가면서도
빨 주 노 초 파 남 보 깃발을 펄럭이고 있는
지칠 줄 모르는 저 미친 듯한 병정들
여린 하수구 맨홀의
앞면 근육들이 끝없이 씰룩거린다.

구멍 뚫린 입들이 언제 제 자리를 찾아
향 같은 침묵 사이에
바람소리 새소릴 앉힐 지.
아!
원칙도 법칙도 없는 수다 떨기에
고귀한 사람의 생명이 얼마나 더 죽어갈까.

밥숟가락

다리가 넷이나 달린 식탁 앞에
다리가 하나 달린 그들은 움푹 파인 외눈으로
딴전을 피우는 듯
하늘을 올려다보는 듯
숨을 고르고 떼지어 가만히 누워 있다.

누가 최초로 입술을 가져와
들썩이는 냄새들로 간지럼을 타는
그들에게 숨막히는
키스 세례를 퍼부을 것인지

참 사랑의 따뜻한 거룩한 이름
하얀 밥알을 한 알도 떨어뜨리지 않고
입 속으로 넣어주느라 지문 하나 남지 않은
닳고 닳은 손
그 손에서 뼈마디 부딪히는 소리가 쪽쪽 나도 홀쭉한 배가
동그란 등에 납작 붙어도
비린 냄새들의 발자국 소리가 천방지축 뛰어다녀도
평생 쉬는 날이 없는
아름다운 여인 같은 보물

손톱을 깎는다

세상의 싸움은 홀로 남겨지는 아픔이 있다는 것을
바람은 알고 있을까.
서랍장 속에서 바람이 분다.
사람들은 서랍장 안에서도 사각 성냥통 안에 갇혀 있는
한 개 한 개의 성냥개비
집은 모진 생명력으로 발뒤꿈치와 무릎뼈를 만지며
단단한 햇볕을 쪼이고
냉장고는 이삿짐을 정리하느라 바쁘고
TV는 문 속에 문을 열다 손가락을 찧고
숨 넘어가는 비명소리 지른다.
나는 방 가장자리에 앉아서
얇은 겹으로 뭉친 손톱을 톡톡 깎는다.
오래된 만큼 크게 자란 손톱은
나를 피하려 동그란 모의를 끝없이 하며
나를 조금씩 도망쳐 가고 있었다.
내 피와 살이 스미지 못하도록 단단한 뼈마디로
벽을 쌓아가고 있었다.
그들은 서로 손가락을 붙였다 뗐다 버석거리며
밤낮없이 반달눈으로 솟아오르고 있었다.
단단한 뼈에도 껍질은 있었다.
손톱이 바로 껍질로 이루어진 뼈라는 것을 오늘 알았다.
뼈와 뼈로 촘촘히 시간을 메워 나간 바람살 물살들이
음지에서 양지로 향한 발걸음들이 뼈주름으로 빛나고 있었다.

가질 수 없는 것들을 몰래 가지려고 뼈를 예쁜 달로 키워나가던
손가락 끝의 나뭇결 무늬와 파도 무늬의 딱딱한 몸부림들이
가죽의 혈관을 빠져나와 세상을 조이고 벌리며 달구질 소리를
아무도 듣지 못하게 텅—텅— 내고 있었다.
하늘은 그 소리를 듣고 있었을까.
수 많은 갈래의 바람 길을 뼈 속 깊이 밀어넣고
촘촘히 뼈를 키워 나가던 그 모진 생명력
단단한 뼈 속에도 붉은 피가 흐르고 있다는 것을
나는 오늘 미조(美爪)를 하면서 알았다.
사람이 취급하기 까다로운 단두대 같은 손톱깎기로
손톱을 툭탁툭탁 깎아내자
흙의 골반뼈는 물론 바람의 쪼글쪼글한 주름살
말쑥해 보이는 물의 분진 물 돌이나 나무 풀의 흉흉한 잡티까지
단단하게 온몸으로 거느리고 있었다.
이 세상 그 어떤 것으로도 더 이상 단련시킬 수 없는 빈틈 없는
세공이 엿보였다.
피와 살과 뼈를 포함한 공간까지만 남겨두고
웃자란 것들은 제 아무리 빛나는 사람의 유골이 될지언정
뼈도 몸 밖으로 나오면 허물어질 수 있다는 생각에.

주방 안에 주방장은 없다

봄은 이미 왔다.
아무도 보지 못하는 사이에 벌이 날아온다.
그리고 벌이 날아간다.
흑점 백점이 툭툭 바람을 교란하면
저렇게 환하게 꽃들이 나무를 올라타는 걸까
사오월 해와 달의 점자와 부호들 피었다 이울고 이울었다 피고
완성되기도 전에 이미 환해진다.
뱃속에 겨울 아이들 키우는 고생이 왜 없었을까만
두 손 모은 봄의 머리카락 흩날린다.
파닥이다 작은 땀방울들 이마에 콧등에 기어 나온다.
때때로 학대는 매우 알맞다.

이 곳에서 세상이 시작되는 것은 아니고
끝나는 것은 더더욱 아니다.
지금부터 세상에 먹을 것이 너무 없다. 먹을 것이 얼마나 없었
으면 주방장이 식당 안에서 요리를 하는 것이 아니라
주방을 떠나 하늘에서 땅에서 요리를 서두를까.
요리를 완성할 요량으로 요리를 시작하는 주방장은 없다.
접시는 깨끗한 상태로 있다.
주방장은 접시를 닦는 것이 아니라 세상의 껍질을 깨고 먼지도
바람도 없는 식자재 안으로 칼 없이 들어가는 일이다.
요리를 시작하기 위해 문을 두드리는 건 물론 주방장이지만
맛있는 요리가 시작되는 건 누군가 꽃을 하늘에서 땅바닥으로

집어 던질 수 있어야 하고
꽃이 익기 전에 쓰레기통을 만들 수 있어야 한다.

나는 초라했다.
그냥 버려져 있었으니까.
집을 나오는 길
두 발이 섞이고 그 다음엔 얼굴이 쪼그려 앉아 영혼을 만들수록
몸이 뭉쳐졌다.
내 시는 그렇게 우왕좌왕 우연히 완성되었다.
주방 안에 들어가면 껍질이 나를 분류하지만
아무도 정체를 모르고 아무도 정체가 없다.
계단을 토닥토닥 내려가는 소리가 나의 뒷면이라면
계단을 토닥토닥 올라오는 소리가 나의 앞면이라면
봄은 내 몸이 가는 소리가 아니라
봄은 내 몸 속에서 입김처럼 몽글몽글 피어나는 것이다.

도마와 칼

물을 먹었다.
물이 되지 않았다.
식성만 오락가락
물이 올랐다.
시간이 갈수록 자꾸만
입이 사나워졌다.
불경을 외웠다.
싱싱한 영계를 먹고 싶었다.

발 없는 칼이
도마 위에서
앞으로 뒤로
토닥토닥 뛰어다녔다.

남정네는 도마가 되어
보살은 칼이 되어
회를 먹었다.
회가 되지 않았다.

경주마는 달리지 않는다

이 곳은 세계 최고의 경마대회가 열리는 호주 멜번 경기장
새떼들 방해쯤 아랑곳 않는 최고의 경마와 기수들이
한 자리에 모였다.
경주마들 라인 위에 줄을 서기 시작한다.
몇 만 년 고독했던 바람마 입장해서 라인 위에 선다.
경주는 아랑곳하지 않는 몇 만 년 시집 못 간 수마 넘실넘실
라인 위에 선다.
느닷없이 붉게 웃으며 종아리 동동 걷는 광마光馬 와르르 선다.
몇 만 년 동안 장미를 들고
남자에게 건네지 못한 雲마 둥실둥실 선다.
나무가 서고 돌이 서고 사람이 서고 고양이가 서고
갈매기가 서고 민어가 선다.
기수들은 1 2 3 4 5 6 배번을 달고
태양 무늬 달 무늬 둥근 모자를 썼다.
모두 라인 위에서 숨을 죽이고 있다.
잠시 후 스타트할 것이다.
'일촉즉발'
마장을 에워싼 도박꾼들 구경꾼들 눈방울에 핏발이 선다.
심판관의 손가락은 경기시간에 정확히 맞춰 방아쇠를 잡아당길
것이다.
맞은편 결승선을 향해 경주마들의 눈빛은
벌써부터 무섭게 달리고 있다.
'탕! 탕!' 준비신호가 불을 뿜는다.

장내엔 박수소리가 우레와 같이 덮치고
"탕! 탕! 탕!"
한바탕 경주는 시작되었다, 싸움은 시작되었다.
마도 기수도 보이지 않는 가운데
희뿌연 먼지만 경기장에 물처럼 가득 차 오른다.
삶이 없는 죽음을 향해 사력을 다해 발을 차는 말발굽 소리가
더 높아진다.
진짜 고수는 몇 번 마일까?
경주마마다 값이 다 다를 터
수명이 다 다를 터
경기는 이미 끝났을 것인데 일어섰다 앉았다 안절부절못하는
도박꾼들 구경꾼들
자꾸만 경기장을 사라져버리는 경마와 기수들의 둥근 모자들만
시계탑 위에 대롱대롱 위태롭게 걸려 내가 시계라고
내가 시간이라고 소리치고 있다.
1번 2번 3번 4번 5번 6번 마는 하얀 먼지를 일으키며
아직도 달리고 있다.
마장 중앙에 회색빛 시계탑 소리가 툭탁툭탁 더 높아진다.
이 날 경마장 시계탑 시간을 빠져 나간 기수도 말도 하나 없었다.

결투(보리는 줄을 서서)

아무도 그의 상대가 되지 못했다.
빠른 주먹은 모양도 색깔도 없었으므로
대적한 스파링 상대가 없었다.
있다면 누구일까?

그는 큰 논을 링 삼아
원 투 원 투 잽싸게 주먹을 날렸다.
얼굴에 긴 수염을 거꾸로 붙인
수많은 사내들을 상대로
빠른 주먹을 끝없이 날렸다.
고랑마다 줄을 지어 질서정연하게 심어진
사내들은 일하는 사람들은 상체를 좌우로 흔들다
앞뒤로 흔들다
훅, 훅 스트레이트. 스트레이트
공격과 방어를 하고 있었다.

공이 울렸는지 긴 링은 잠시
조용해졌다.

종이가 비닐봉지가 나뭇가지가 하늘 높이 날아오르자
그는 또 훅을 잽싸게 날렸다.
목은 가늘고 이삭 큰 사내들은
귀품 있는 난초잎 날개를 펄럭이며

시위라도 하는 듯
방어라도 하는 듯
너와 나 나와 너 혹은 아버지 어머니 상사 동료
모두 모두 준법과 도덕과 질서로
어깨를 기대어 온몸이 꺾어지는 바람을 막아냈다.
그의 두 팔에서 쑥쑥 소리가 날 때 무서운 굉음과 함께
뿌리를 믿고 독야청청 홀로 선 나뭇가지가 부러졌다.
사내들은 서로 이름을 불러가며 허리를 구부렸다 폈다
수백 차례 수천 차례 강펀치를 맞고도
즐거운 듯 노래를 부르는 듯
몸을 흔들어댔다.

나는 오늘 보리밭에서
바람의 스파링 상대가 되어
어금니를 깨물고 누군가의 무서운 주먹을 끝없이 맞으며
하루 이틀
보리가 풍성하게 익어가는 것을 봤다.

나도 바람과 폭풍의 스파링 상대가 되었던 적이
수없이 많이 있었다.
가족과 사회의 두둑과 고랑없이 혼자 서 있었다면
일찍 쓰러지고 말았을 것을
내 옆에 할아버지 할머니 아버지 어머니 아내 자식

상사 동료 농부 상인 기술자 공무원 국회의원 대통령
그보다 더 많은 사람들
그 속에 어울려 있어야만 무서운 폭풍에도
구수한 알곡이 되어 세상의 허기를 채울 수 있다.

그 험악했던 링을 바라본다.
바람은 잠잠하고 보리들은 편안하게 웃고 있다.

맥주

몇 년 몇 달을 발효시켰을까?
불로 끓이고 소독한 너
깊이 침전되어
두꺼운 유리 바닥에 앙금으로 남은 너
마시기 전에는 네가 무엇으로 변할 지
내가 무엇으로 변할 지 아무도 모르는
우리는 미지수

너와 나는
얌전하게 입을 굳게 닫은 채 김 빠지지 않은 싱싱한 알코올
밀 향기 보리 향기 팽팽한 선남선녀
네가 내 속에 희석되면
나는 생기 돋는
과일.. 허브.. 약초.. 단백질..

은은하고 황홀한 너를 마시면
내가 꽃처럼 은유되어
몽롱한 별이 되기도 하지

양수물통같이 생긴 유리병 속에서
세상의 작은 진동에도 뽀글거리며 하얗게 부풀어 오르는 너는
깡패 팔불출 농부 사업가 시인들의 아우성치는
분홍빛 애인

뜨거운 애정 수천 마리 들끓는 네가
사막을 걷고 있는 내 몸 속에 들어와
주절주절 동화를 읽어주면
나는 금방 아름다운 물방울 화석이 되어버리지

세계

바람 속을 오가며 바람 속을 머무는 새
몸은 늘 먹빛
너는 어느 먼 행성에서 왔는 지 아무도 모른다.
세계의 시간은 더 알 수 없는 까마귀
캄캄한 입 안에 갇혀 있던 여자의 말이 알을 깨고 벌레가 되어
기어나온다.
캄캄한 입 안에 갇혀 있던 남자의 말이
알을 깨고 구렁이가 되어 기어나온다.
살 곳을 찾지 못해 말이 말을 잡아먹고 말이 말등을 올라타고
말이 날개를 달고 까마귀가 되어 훨훨 날아다닌다.
나도 논밭처럼 따뜻하게 머물지 못하고
유목의 긴 맨몸을 바장이며 아무도 잡아주지 않는
허공을 향해 훨훨 날아다닌다.
이 세상에 제 정신이 있는 것들은 하늘을 쳐다보며 울고 있다.
단추 떨어진 옷을 입은 나무와 꽃이 흙과 돌이
까마귀 날개 그림자 밑에서
자크 달린 목 지퍼를 열어 달라고 말을 한다.
사람이 사람 속으로 들어가 운다.
레일 위를 달리는 기차가 무쇠바퀴 속으로 들어가 운다.
까마귀가 까마귀 속으로 들어가 운다.
묶인 끈 풀은 말들이 말 같지 않은 말을 한다.
한 번도 말하지 않은 돌이 꽃이 입맞춤하며 따뜻하게 꼭 쥐고 있

던 피와 살뿐인 흙이었다고
지금 이 심장도 하나 없이 뼈뿐인 여도 남도 아닌 이 알 수 없는
몸을 흐물흐물 다 녹여
홀로 살 수 없는 것들의 관능을 따라
남자 나무가 되어 여자 나무가 되어
남자 물이 되어 여자 물이 되어
남자 사람이 되어 여자 사람이 되어
남의 입술이 여의 입술을 조우고 싶다.
여의 입술이 남의 입술을 더욱 조우고 싶다.
"응.응.응"
입술이 심장을 만든다.
방뇨하고 있는 지린 오줌에 손발을 담근다.
우주의 이 물렁물렁한 관능을
입과 입의 지린 의미를 다 가지고 싶다.
아니 나누고 싶다.
그리하여 밑그림이 캄캄한 까마귀 입과 입이 출렁출렁 흘려내려
세상의 사람이 되고 나무가 되고 꽃이 되고 새가 되는 돌이 되는
이유가 되면 좋겠다.

죽음도 삶도 없는 것들의 무의미 속에서 즐거운 생의 끝이 없는
작은 한 문장을 손끝으로 바들바들 전하고 있는 나는 내일 당장
무엇이 될까.

아이올로스

일 년 열두 달 여우꼬리 12개 달린 물고기가 몇 천 년을 운다.
작은 몸에 비해 우―우― 툭탁 툭탁
경천위지할 저 우렁찬 소리
소리로 생명을 키우는 것은 이집트의 피라미드처럼 견고하다.
시계추를 끌며 헤엄치는 물고기
하늘 속에서 땅 속에서 아가미 없는 아가미로
지느러미 없는 지느러미로 헤엄치며 목 없이 운다.
알몸수행을 하며 물 없이 운다.

몇 천 년이 지나도
입에 이빨 하나 없이 쏟아내는 어육의 싱싱한 입김이
나무 속을 돌 속을 헤엄치며
잠 잘 시간도 옷 입을 시간도 없이
숨을 쉬고 일을 한다.
숨을 끊고 일을 한다.

높은 하늘에서 태어난 고기의 손바닥과 날개들
골짜기 없는 허공에서 태어난 수 많은 구름 어장들
물고기 비늘을 먹고 자란
산과 들 바다에
수 억 겁의 고기 이빨자국이 암각되어 있다.
뚱뚱해졌다 가늘어졌다
양지가 되었다 음지가 되었다
물 속에 비친 달같이 거울 속에 비친 꽃같이 아무도 잡을 수 없는
세상의 추를 흔드는
저!! 아 이 올 로 스 의 싱 싱 한 울 음 소 리.

프레온가스(냉장고)

새 몇 마리가 고장 난 냉장고 안으로 들어간 것을
아무도 보지 못했지만
새들은 긴 입으로 울음소리를 풀고 있었다.
주방에서 안방으로 소리의 씨앗들이 출렁출렁 흘러넘쳤다.
내 머릿속의 울음이 풀어지지 않아 마음이 힘들 무렵
달은 나무와 돌을 두드려 하늘의 힘을 보여주었다.
이때 몇 개의 감방 같은 층층의 서랍장은
외부의 바람 한 점 없이도
사각의 긴 목을 빼고 덜컹덜컹 흔들렸다.
달이 집에 뿌리를 내리고 냉장고에 뿌리를 내리면
내 마음을 채굴해 갔다.
맛있는 음식을 보고도 먹지 못한 냉장고 속의 배고픈 새들은
문을 열지 못해 안 돼, 안 돼라는 말만 계속했다.
아직 내 머릿속에서 풀어지지 않는 울음들은
달 표면을 빙빙 돌았다.
닳고 닳은 이빨의 힘
닳고 닳은 달의 힘
그것이 벽을 만든다는 것 그것이 문명을 만든다는 것
세상의 울음소리마저 믿어서는 안 된다.

냉장고가 문을 가지고 있다는 것을
물이 영혼의 신발을 가지고 있다는 것을
새들이 어떻게 알았는지 알 수 없지만
냄새에 비해 먹을 것이 적은 영역에 불만이 점점 커 가면
또 한 차례 새 울음소리가 믿어지지 않을 만큼 큰 힘을 발휘해
달을 흔들고 내 머릿속에 울음을 흔들고 몇 개의 벽을 밀고
나가 옆집의 옆집까지 소란을 나누어 가진다.
냉장고도 달도 나도 이상했다.
집을 나간 달이 많았고 냉장고 속에 새들이 많았다.
새소리 속에 내가 들어가 살고 있었다.
세상에 울음소리마저 믿어서는 안 된다.

문명은 전쟁보다 더 잔인하다

해변가에서 어른 아이들이 바다가
수만 년 전에 만들어 놓은
돌을 하나씩 가슴에 품고 있다.
붉은 고무장갑을 낀 그들이
살처럼 끈적끈적 달라붙은 널브러진
두바이유를 흰 면포로 닦고 있다.
돌들은 수만 년 오대양을 떠돈 쟁쟁한 상처를
꽃잎 무늬로 새긴 채
서해안으로 돌아와
잠꼬대 같은 말을 하고 있다.
대형 유조선 자초, 기름 유출, 바다 대재앙
어른 아이들이 따개비같이 따닥따닥 붙어서
닦은 돌을 바다 속으로 풍당풍당 던지고 있다.
바다에 살아 있는 물고기들이 보이지 않는다.
살아 있는 조개들이 보이지 않는다.
천수천안
전설 속으로 사라진 어류들이 되돌아오길 기도한다.
물장구칠 바다의 손가락 발가락을 닦은 그들이
필승을 다짐하며 구호를 외친다.
자연의 주인은 자연이다.
사람의 손발이 약이다.
기름으로 얼룩진 태안은 바다 자정의 힘과 착한 사람의 땀방울로 울퉁불퉁 혈관에 붉은 피를 돌리고 있다.
기름으로 쪼그라든 바다의 손가락 발가락이 한 여름의
포도알처럼 탱탱하게 살 오르고 있다.
누군가 거부의 꿈을 삼키다
새까맣게 토해 놓은 더러운 유분도 태초의 물에 녹아서
슬프다는 태안은
유리알같이 깨끗한 원시 바다로 돌아가
고기들 조개들 물먹는 소리가
토닥토닥 시끌시끌할 것이다.

뼈들의 성

마당 끝에 어머니가 떠 놓은 정한수
나는 그 물 한 그릇 속에서 태어났다.
목마른 물방울들이 하나 둘 망설일 때
사랑하는 별들이 내 몸 속에 반짝 뛰어들었다.
사랑한다고 내 뼈가 되겠다고 뛰어들었다.

어머니는 알고 있었을까
내 심장이 아무리 두근거려도
흔들리지 않는 신이 몸에 왕림한 것을
나무들이 팔을 잡고 하늘 놀이를 하며 커가듯
그 뼈는 내 몸을 만지며 커갔다.
운전대 같은 내 팔과 다리는 사나운 운명에 내몰릴
동물의 어수선한 발자국 같다는 것을
아버지는 알고 있을까?

뼈란 뼈들은 살 속 어둠을 파 먹으며 살아가는데
살 끝에서 평생 눈 한 번 감지 않고
헌신적으로 살아가다니
너를 골똘히 보고 있으며 수천 가닥 골을 세운
나뭇결 무늬의 바람 소리가 아련히 들려온다.
어느 날 갑자기

나는
어느 날
손발을 바라보다가 비명을 지른다.
앗!
'저것은 뼈의 껍질이다'
'뼈의 끝이다'
붉은 듯 푸른 빛 도는 별들이다.
물처럼 풀어지는 살들의 여린 변방을 안아주고 감싸주어
탱글탱글한 변신을 거듭하는 너는
아름다운 스무 개의 별이다.
그 곳에 이름만 한 번 불러도 금방 눈물이 주루루 흐르는
어머니 아버지도 함께 있다.

사막

검은 뱀 한 마리
하늘을 몸 속 깊이 안으면 안을수록
더욱 검어지는 뱀
둥근 길을 여기저기 쿡쿡 찔러가며 체위를 바꿔가며
조심조심 한 발 한 발 앞으로 간다.

허공에 길 한 마리 누워있다.
살찐 길이 뱀의 먹이감이 된 듯
길을 소리없이 온몸으로 삼키고 있다.
검은 뱀 한 마리
입이 어디에 있는 지 꼬리가 어디에 있는 지
아무도 모른다.

허공에 뱀 한 마리 누워있다.
태양을 관 속에 넣은 둥근 길이
사나운 포식자가 된 듯
몇 층의 구름으로 접혀 있는 물렁물렁한 뱀을
손가락으로 쿡쿡 찌르고 붉은 이빨로 여기저기 물어뜯으면
뱀의 살은 개구리 알처럼 톡톡 터진다.
잿빛 올챙이 수백 마리 하늘 높이 헤엄쳐 나온다.

검은 뱀 한 마리
그림자까지 뱀이 되어 두 마리가 된다.

두 마리 뱀은
누가 진면인지 누가 가면인지
아무도 모른다.

뱀은 두 마리가 한 마리가 되었다.
한 마리가 두 마리가 되었다.
그림자놀이를 계속한다.
물렁물렁한 뱀이 길을 입고 길을 밀고 가는 동안
지구는 돌고 나는 동그란 멀미를 앓는다.

하늘에 검은 뱀은 사라지고
길 하나 남는다.
태양을 관 속에 넣은 둥근 길이

하늘 위로
위로 떠오른다.
땅이 길이 입는 동안
개미 발자국 같은 벼꽃은 시들고
바람은 길을 붙잡고 웃는다.
소리 높여 웃는다.

길의 손발이 나무의 머리가 되고
나무의 손발이 길의 머리가 되고

길이 앞으로 앞으로 걷는 동안
나무는 뒤로 뒤로 걷는다.
푸른 나뭇잎 속에서 백 년 뒤의 사막이 기어 나온다.

오늘 일기 예보에 없던 쓰나미로
온다고 했던 비는 오지 않는다.
온다고 했던 그녀도 오지 않는다.
3층 복층 유리창을 뚫고 들어온 오후의 햇살에
사막냄새가 난다.
유리창에 번진 내 입김 속에 검은 사막 한 마리 기어다닌다.

천수천안

나는 종이 나라에 아름다운 꿈을 꾸는 천수천안
종이 위에 눈을 뜨고 종이 위에 말을 하는 웅크린 고딕체 인쇄체
활개 친 대문자 소문자
잉크냄새 폴폴 풍기는 얼굴 없는 사람 얼굴 없는 세계
세상에 직언도 감언이설도 폭언도 근엄하게 꽃 단장하고 나와
바람처럼 구름처럼
눈에 보이는 세상도 눈에 보이지 않는 세상도
근엄한 문자로 교직되어 똑 똑 구두 발자국 소리를 내며
풍문을 타고 종횡무진 온 세상으로 뛰어갈 것이다.
가끔은 화색이 도는 천연색 바탕 위에
싱싱한 밑그림으로 아름다운 말을 하기도 하지만
흑백의 명함으로 글자들의 물렁한 살과 딱딱한 뼈마디로
세상을 탕 탕 호령하기도 할 것이다.

유령 같은 차가운 불빛이 도시를 지키는 캄캄한 새벽
매표소 창문이 반쯤 열린 가게 안에서
사람들이 던져주는 동전을 받아먹으면
내 몸 속 붉은 혈관들은 피가 돌고
종이 심장은 쿵쿵 뛰기 시작한다.
웅크린 남의 집 대문에 작은 몸을 반쯤 밀어 넣고 꼭두새벽부터
똑, 똑 노크를 힘차게 할 때마다
잉크 무늬의 고운 내 입은 조잘조잘 세상의 소리를 잘도 낸다.
이음새 하나 없는 짧고 긴 내 문장들이 온 세상을 호령할 때마
다 나는 종이 나라의 대 제왕이 되어 노래도 하고 장사도 하고
강의도 하고 욕설도 하며 세상에 때 묻지 않은 달콤한 해와 나
무 꽃을 노래하는 시인을 꿈꾸기도 한다. 시위의 붉은 깃발을
들고 구호를 외치는 정의의 사도기가 되기도 한다.

눈 코 입 없이 심장 혈관 없이 온 지구를 씽씽 날아다니는
나는 허상을 실상으로 실상을 허상으로
무죄를 유죄로 유죄를 무죄로 둔갑시켜
정의의 이름으로 재판하는
무소불의의 판사
내 몸 구석구석을 더듬는 사람들은 밝은 표정을 짓기도 하고
어두운 표정을 짓기도 하고 웃기도 울기도 한다.

입에 눈이 달린 마음 없는 사람들이 내 심장을 마구 밟고 지나
가도 나는 아프지 않은 종이 마법사
빛나는 검은색 잉크 옷으로 중무장하고
눈 코 입 천 개를 달고 응시한다.

내가 안개처럼 흘러오고 안개처럼 흘러가고 나면
내 깨알 같은 몸에 눈을 박고 숨 끊어진 사람이 저녁 놀빛을 타
고 하늘로 날아가는 소리가 쾅쾅 들리기도 한다.

여섯 권의 물방울 동화

너는 근 일년 만에 내 발 앞에 다가와 있었다.
국화꽃 무늬의 흰 나비가 되어 눈과 귀를 깜빡거리고 있었다.
너는 택시처럼 나타나 세상을 태우고 그 동안 내가 잃어버린
동심을 태우고 우주로 훨훨 날아다니고 있었다.
입까지 꽉 차 버린 세상의 한숨을 돌돌 말아 흰 나비를 만들고
내가 나를 기억하지 못하도록 빛나는 하늘 발자국들을
내 심장에 무럭무럭 자라나게 했다 .
고백컨대 나는 너에게 빠져 무뇌無腦가 되었다.
하얀 미소를 쏟아내는 너의 아름다운 모습은
내 눈으로 부르는 즐거운 음악
아니, 단단한 우울증 박힌 내 생각을 토막 쳐 나를 새처럼
훨훨 날아다니게 하는 마법
도대체가 너는 누구이기에
동심이 온 세상을 범람해 통통한 물거품 같은 웃음을
토하게 하는가.
너는 여섯 권의 아름다운 물방울 동화
시끄러운 바람소리 물소리를 침묵시킨 마법의 융단
네가 세상에 날개를 펴면 나무와 벌레들의 시끄러운 삶이
소리 없는 나비로 환생해
반짝반짝 빛났다.
캄캄한 밤 네가 무더기로 태어나
금수들의 길을 하늘의 향기로 열어주었다.
사랑하는 사람의 얼굴이 우주를 돌 듯이

너는 하얀 그리움으로 우주를 돌고 있었다.
하늘의 차가운 눈물이 세상을 이렇게 따뜻하게 하는 것은
고집스럽게 축축한 우주의 궤도를 돌고 있는
누군가의 죽지 않는 사람이 돌고 있기 때문에
아! 네가 오고 있다.
우리가 지나가야 할 길로
하얗게 말하고 싶은 온 세상의 사랑과 그리움속으로
따뜻한 네가 오고 있다.
너는 아름다운 반역을 한 혁명가
누군가의 반역이 온 세상을 이렇게 빛나게 하나
나는 나에게 어떤 반역으로 세상을 빛나게 하나
하얀 아우성으로 개벽을 원하는 자들이여
지루한 일상을 다 먹어버린 저 눈빛 형형한 육각형의 얼굴은
아무것도 치장하지 않은 아름다운 맨발의 하늘
아무것도 치장하지 않은 나의 무심
그 속에 아름다운 동화가 있다.
그 속에 아름다운 눈사람이 융단을 타고 훨훨 날아다니고 있다.

베이징 726 버스 안 참사

컴퓨터를 켠다.
모니터 창에 10,000원 권 지폐가
하늘에서 곡선으로 수없이 떨어진다.
순간 사람들 눈이 빛난다.
사람들이 돈을 줍는다.
허리가 구부러진다.

나는 사무실에서 신문을 조각조각 뜯어먹는다.
베이징 726 버스 기사
힘 좋게 생긴 중년 여인에게 승객 한 명이 일방적으로 당하고
있었다.
중년 여인은 여중생 마오마오의 어머니
안내원은 승객을 향해 차비 2위안을 더 내라고 윽박질렀다.
승객은 휘커우에서 탔으니 한 사람당 1위안씩 맞지 않느냐?
안내원은 신제커우에서 탔으니 1위안씩 더 내야 하지 않느냐?
승객은 2위안을 더 냈다.

그때 마오마오가 목소리를 낮춰
"신제커우에서 휘커우에까지 걸어가며 옷가지와 책 몇 권을
샀는데."
"무슨 저런 사람이 다 있어."
남의 말에만 귀가 밝은 힘센 안내원이 그 말을 듣자
번개같이 달려들어 한 손으로 마오마오의 머리카락을 움켜쥐고
한 손으로 목을 졸랐다.
엄마는 울음 섞인 비명만 지를 뿐 안내원의 힘을 당해 내지 못
했다.
마오마오의 삶은 여기까지.

율원 초등학교 24회 동창회

구사 정각*
월해당에서 보는 달은 사람일까.

정각 밑 굽이굽이 흐르는 물은
오색 꽃을 부른 터
꽃피는 산골을 휘감아 돈다.

고택 대문 열고
앞마당에 들어서니 배롱나무 시끄러워
옛 사람 놓친 바람이 붉게 운다.

달은 정각을 놓치고
정각은 달을 놓치고 서로 각별하다.

구사 정각
월해당에서 보는 달은 여인일까.

얼굴 없이 빨간 배롱 아가씨들
목판마다 드나들며 아홉 선비 찾아
꼬불거리는 파마머리 이리 뒹굴고 저리 뒹군다.

정각 하나에 모여
오백 년 전에 사람이
오백 년 후에 사람을 불러
수 십 장의 목판을 펼쳐놓는다 게 무슨 뜻인까.

배롱나무 밑에서
몇 사람 아랫도리 드러내고 오줌발을 세운다.

*구사정각 : 경남 거창군 신원면 구사리에 소제한 성주도씨 정각

이게 요즘의 나

물속으로 잠수한 비단 잉어는
다시 물 위로 솟구쳐 주질 않았다.
나는 그것을 슬픔이라고 부르지 않는다.
이별이라고 부르지 않는다.
외로움을 껴 입은 썩지 않는 바람이라고
말할 뿐
기억상실증에 걸린 한 떼의 안개가
바다 같기도 하고 육지 같기도 한 곳을
헤엄치고 있다.

점심인 지 저녁인 지 배가 고파
도시락 뚜껑을 열었다.
반찬 통 네 개와 밥통 하나가 나왔다.
반찬 통 속에는 찬이 가득 들어 있었고
밥 통 속에는 밥이 하나도 없었다.
목구멍 속에 물방울만 맺혔고
아침에 목구멍 속에 들어갔던 밥알들이
붉게 타올라 황혼으로 빛나고 있었다.
그 속에서 꼬리 잘린 비단 잉어가
꿈틀거리고 있었다.

「시를 배달해 드립니다」가 세상에 나 간지 벌써 7년이라는 세월이 흘렀다. 내가 시로부터 떠나 있지 않았지만 격동의 파도가 너무 높았다. 집배원들의 인력감축과 동료들의 잦은 교통사고 등으로 내 의지와는 상관없이 시 공부와는 반대 방향으로 꽤 높은 풍랑이 거칠게 몰아 붙였다. 현시점에서 전국적으로도 집배원 시인은 거의 없는 것으로 안다.

극한 노동과 싸우면서 한 편 두 편 모은 것이 시 한 권의 분량은 되었지만 독자들 앞에 나의 시를 발표한다고 생각하니 두려움이 먼저 앞선다.

언어의 구조적 관념과 사고가 요설로 번져 시가 어렵다 혹은 말을 아껴야 시가 되는데 시가 아니라는 등등 시작에 대한 보안점 같은 것을 또 크게 염두하지 않고 사물에 대한 상상에만 따라가다 보니 또 보일 듯 보이지 않을 듯 창 밖의 새 같은 시가 되어 버렸다.

엠프슨(W.Empson)은 언어의 애매성을 7가지 유형으로 나타냈는데 시에 있어 신선하고 새로운 의미를 찾는 시도라는 것 또 다층적 다의적이라는 시의 특성을 고려한다면 나는 상당히 도발적인 자세라고 보지 않을 수 없다.

시인은 끊임없이 다가오는 사물들에 대해서 여러 각도의 시선으로 다양한 무늬와 색깔을 언어로 체색해 나간다고 생각한다.

때론 일상의 틀 안에서 때론 그 일상을 부정하고 일반상식을 깨트리고자 노력한다.

이 글은 독자들이 어떻게 느낄지는 모르지만, 소중한 생명을 담보로 하는 처절한 몸부림이고, 벼랑 끝에서 살고자 아우성치는 절대 절명의 비명소리 같은 것이다.

지나간 시간으로는 단 1초도 다시 돌아갈 수 없는 생주이멸(生住異滅)의 자연의 순리 앞에서 길지 않은 순례기이다 생각하면 마음이 느슨해질 수 없다.

그러니까 내가 떠나와버린 그(온) 곳은 지금 나로부터도 지금 여기로부터도 멀다 .

그 '온 곳'이 내 시의 발아기였으며, 유아기 청소년기의 고향이며, 소꿉친구들 할아버지 할머니 아버지 어머니들이 마구 빛을 터뜨린 광명의 시절이었다. 그 빛은 평생 닻을 내리지 못하는 정신적 풍요로운 발원의 시간이었다.

그것은 즉, 나의 뿌리 숱한 생명들이 떠나온 우주의 토양이면서 낙원일 테지만 그 속에서 굶주리고 헐벗었던 상처의 기억들도 많다. 그 중에서도 지금까지도 잊지 못하는 초등학교 시절의 웃지 못할 추억 하나를 언급한다면, 때를 거슬러 올라가 초등학교 3학년 시절 가을 운동회 날이었다.

몇 년을 입은 운동복 바지가 고무줄이 끊어져 일어서지도 못하고 오줌이 너무 마려워 청군 백군 나누워 줄지어 앉아 있는 자리에서 아무도 몰래 운동장 바닥을 손으로 조금 파놓고 오줌을 쌌다. 누구에게도 공개할 수 없는 헐벗고 헐입었던 시절 이야기다.

글은 읽는 사람들이 즐거운 것이지 글을 쓰는 직업을 가진 사람은 아름답거나 즐거울 수가 없는 것이다. 단어와 단어 사이 행간과 행간 사이에는 너무 많은 풍경이 떠오르기도 하고 또 아무 것도 떠오르지 않아 캄캄한 그믐밤이 되기도 한다.

그러므로 시의 속내와 시의 풍경들이 독자들을 많이 교란시키기도 한다. 이 글은 시집의 발문과 해설의 사이에서 엉거주춤한 내용일 것이다.

이 불편함의 원인은 시와 독자와의 거리 때문일 것이다. 우선은 이 시집이 거의 7년 가까운 시간 동안 고민하면서 세상에 나왔고, 그 동안은 한 번도 시도해 보지 않았던 외형적 내형적인 서정시를 써보겠다고 처음으로 시도해 본 것이어서 나와 독자 사이에서 본격으로 새로운 조명을 시도할 것이라고 끊임없이 고민하면서 써 왔다.

그러나 시는 나의 뜻대로 만들어지지 않았다.

사람이 힘든 노동을 한다고 인생에 대해서 고민이나 행복 같은 것을 생각도 안 하며 살아갈 수는 없을 것이다. '나는 생각한다 그러므로 존재한다.'는 철학자의 유명한 명언이 자꾸 들먹거려진다.

내 생활이 편하고 즐거웠던 시절은 나와 시와는 명확히 단절되었다. 오히려 생활이 고되고 외로울 때 가슴 저 밑에서 차오르는 눈물로 뒤엉킨 가장 원초적인 그 무엇이 시로 승화되어, 아니 시로 진화되어 내 앞에 여러 가지 형상으로 나타났다.

하지만 그 이면에는 너무나 엄청난 무서움이 도사리고 있다.

하루에 몇 백번이나 무섭게 질주하는 차량들과 마주쳐야 하는 위험천만한 상황에서 이륜차 졸음운전은 죽음을 자초하는 일이다. 주로 밤 시간에 시작(詩作)을 해야 하는 열악한 공부환경이 여간 불편한 일이 아닐 수 없다. 글에 대한 글을 끄적거릴 때는 일반 공부처럼 시간을 정해 놓고 작업을 할 수가 없어 더더욱 어려운 일이다. 그러다 보니 실력 있는 집배원 시인들이 환직하거나 명예퇴직을 더러 했다.

시모니데스(Simonides)는 "그림은 말하는 시이고, 시는 말하는 그림이다"고 했다.

시의 햇살은 어디서부터 오는지도 모른 채 엄동의 동토 위에 시의 씨눈 몇 천 개 깊은 가슴에 다닥다닥 매달아 놓고 참으로 훈훈한 영혼과 훈훈한 입김을 수 천 번 수 만 번 불어넣어 발아시키는 것이 창작일 것이다. 내 속의 홀연한 햇빛 같은 달빛 같은 외침소리를 아름다운 그림으로 그려낼 수 있다면 육체적 '껍데기 고통쯤이야' 얼마든지 견딜 수 있다.

글을 읽는 독자 분들도 자기 가슴속의 불꽃같은 심지를 돋아내 가깝고도 먼 참마음, 항상 자기 곁에 있게 싱싱한 햇발로 오는 나를 즉 자아들을 사랑할 수 있도록 조금이라도 교감을 이룬다면 더할 나위 없이 보람 있는 일이 될 것이다.

시인의 길을 가는 나는 정상적이지 않다. 왜냐 하면 시를 구성하고 있는 언어와 구조 빛깔과 이미지, 보이지 않는 리듬과 주제들이 특별한 것도 없고 새로운 것도 없다. 단지 향기로운 풀냄새가 물소리가 새소리가 어지러운 마음을 달래주듯. 내 마음속 노래를 찾아가는 길이라 독자들과의 만남이나 평가는 중요하지 않다.

그런 생각을 하면서 글을 쓰는 내 마음이 비정상이라는 것이다. 조용히 오고 조용히 가는 세월을 내 영혼과 몸으로 찢어서 나만의 아름다운 발자국 하나 남긴다는 것 그것이 내 시 사랑의 근본이다.

방안에서 별을 토론하는 것과 같은 물질만능과 기계주의 시대를 살아가는 우리들이고 보면, 인쇄물의 글을 쓰는 작업은 방안에서 별을 토론하는 것이 덧없는 것이기 때문에 방문을 열고 바깥 세상으로 나와 별을 보고 별을 이야기하자는 것이다.

작은 벌레의 눈에도 비치는 그 별을 우리 사람들을 과연 얼마나 보고 얼마나 교감하고 있을까? 도그마와 이데올로기로기에 오염된 사람들은 자연과 우주에 대한 감수성이 퇴화되어 있다.

그런 의미에서 자연은 우리 인간의 몸과 마음을 정화하는 위대한 보물이다.

여기서 내 몸과 마음을 목욕하는 시 한편을 소개하고자 한다.

태초 내 몸을 움직이게 한 너는
더러운 나를 닦느라
풀벌레 산새 발자국 소리를 내며
몇 천 년 궂은 설거지를 했다

시간을 쫓는 내 살갗이 벌레 먹었을 때
너는 부드러운 몸을 나에게 열었다
목을 낮추어
얼굴을 너에게 깊이 집어넣을 때
단단하게 자리잡은 내 때는
더러운 유분이 되어 기어 나왔다
여기서부터 너를 신으로 생각했다

너를 보면 영화로운 꿈 하나 없이
손바닥에 축축한 물을 가득 묻혀
토닥토닥 내 얼굴과 내 목덜미에 때를 빨아내던

목이 가는 우리 어머니가 생각났다
한 번도 강제로 내 살을 파고든 적 없는 너는
죽음보다 강한 푸른 솔잎냄새가 났다

이 시가 전해 주는 의미는 소용돌이 아뜩한 현기증을 느끼며 살
아가고 있는 현대인들에게 조금은 마음을 정화하는 맑은 옹달샘
같은 의미가 많이 내포되어 있다.

즉 방안에서 별을 토론하는 각박한 현실에서 인생의 근본과 자
아의 실체를 똑바로 상기해 보자는 것이다.

글의 효용성이란 글을 보는 독자들의 관점에서 여러 가지 이미
지로 나타나겠지만, 나는 글을 쓰는 마음가짐이 특별하지는 않다.
콘크리트 바닥 위에 있는 풀벌레를 풀섶으로 데려다 주자는 것
이다.

또 앞의 시에서 물은 구도자도 아니고 진리도 아니다. 인간의
말로 들려주거나 인간의 글로 보여주는 것도 아니다. 자연의 모
든 것은 불립문자라는 것이다.

이 시집은 나와 자연이 대등한 위치에 서는 낙원의 세계를 노래
한 시들과, 힘든 생활을 아름답게 미화시킨 가족애나 인간애를
그린 시와, 환경 파괴에서 오는 인류의 재앙을 두려워하는 반
기계주의 시로 크게 나눌 수 있다.

낯익음 속에 감춰져 있는 낯설음의 세계를 발견해 내는 것이 시
의 가장 큰 역할이 아닐까?

워즈워드는 '시는 인생의 진술이며 표현이다.' 그것은 체험을 표
시하고 인생의 내면적 진실을 묘사하는 것이라 말했다.

여기 또 낯익음 속에 감춰져 있는 낯설음의 시 한 편을 소개한다.

물을 먹었다
물이 되지 않았다
식성만 오락가락
물이 올랐다.
시간이 갈수록 자꾸만
입이 사나워졌다
불경을 외웠다
싱싱한 영계를 먹고 싶었다.

발 없는 칼이
도마 위에서
앞으로 뒤로
토닥토닥 뛰어다녔다.

남정네는 도마가 되어
보살은 칼이 되어
회를 먹었다
회가 되지 않았다.

여기서 제1연은 체식만 하니 허기가 져서 오히려 기름기의 영계를 탐하게 된다는 것이다.
제2연은 보살이나 스님이 절에서 고기를 먹는다는 것은 파계 내지 불륜을 연상시킨다.
제3년은 남정네는 도마고 칼이 보살이라면 주도권은 여자가 쥔 셈이다. 여성상위 시대니 경제권을 쥐고 있는 것은 여성이다. 여성이 가장인 시대인 셈이다. 어떻게 해석하던 낯익음 속에 낯설음을 상당히 도발적으로 표현한 시이다.

발문과 해설 사이에 잡설이 너무 길어져 여기서 작품후기를 마감한다.

항상 내 곁에서 숱한 걱정과 내조로 노심초사하는 아내에게 감사하고, 나를 사랑하는 아들들과 친지 지인들께도 감사하며, 거창문협지부 회원님들께도 감사하며, 멀고 가까운 곳에서 나를 사랑하는 사람에게도 감사하며 아낌없는 가르침을 주신 표성흠 선생님께 더욱 큰 감사드립니다.

그리고 끝으로 이 책이 세상에 나가도록 물신양면으로 도움을 주신 문지사 홍철부 사장님께 머리 숙여 감사드립니다.

엄환섭 제2시집
꽃잎되어 하늘로 가는 하루

초판인쇄 ｜ 2015년 5월 25일
초판발행 ｜ 2015년 5월 30일

지은이 ｜ 엄환섭
펴낸이 ｜ 홍철부
펴낸곳 ｜ 문지사

등록 ｜ 1978년 8월 11일 (제 3-50호)
주소 ｜ 서울특별시 은평구 갈현로 312
전화 ｜ 02)386-8451
　　　 02)386-8452
팩스 ｜ 02)386-8453

값 8,000원